m

阅读之前 没有真相

午 夜 文 库

阿加莎·克里斯蒂
赫尔克里·波洛系列

阿加莎·克里斯蒂
Agatha Christie (1890—1976)

无可争议的侦探小说女王，侦探文学史上最伟大的作家之一。

阿加莎·克里斯蒂原名为阿加莎·玛丽·克拉丽莎·米勒，一八九〇年九月十五日生于英国德文郡托基的阿什菲尔德宅邸。她几乎没有接受过正规的教育，但酷爱阅读，尤其痴迷于歇洛克·福尔摩斯的故事。

第一次世界大战期间，阿加莎·克里斯蒂成了一名志愿者。战争结束后，她创作了自己的第一部侦探小说《斯泰尔斯庄园奇案》。几经周折，作品于一九二〇年正式出版，由此开启了克里斯蒂辉煌的创作生涯。一九二六年，《罗杰疑案》由哈珀柯林斯出版公司出版。这部作品一举奠定了阿加莎·克里斯蒂在侦探文学领域不可撼动的地位。之后，她又陆续出版了《东方快车谋杀案》《ABC谋杀案》《尼罗河上的惨案》《无人生还》《阳光下的罪恶》等脍炙人口的作品。时至今日，这些作品依然是世界侦探文学宝库里最宝贵的财富。根据她的小说改编而成的舞台剧《捕鼠器》，已经成为世界上公演场次最多的剧目；而在影视改编方面，《东方快车谋杀案》为英格丽·褒曼斩获奥斯卡大奖，《尼罗河上的惨案》更是成为几代人心目中的经典。

阿加莎·克里斯蒂的创作生涯持续了五十余年，总共创作了八十余部侦探小说。她的作品畅销全世界一百多个国家和地区，累计销量已经突破二十亿册。她创造的小胡子侦探波洛和老处女侦探马普尔小姐为读者津津乐道。阿加莎·克里斯蒂是柯南·道尔之后最伟大的侦探小说作家，是侦探文学黄金时代的开创者和集大成者。一九七一年，英国女王授予克里斯蒂爵士称号，以表彰其不朽的贡献。

一九七六年一月十二日，阿加莎·克里斯蒂逝世于英国牛津郡沃灵福德家中，被安葬于牛津郡的圣玛丽教堂墓园，享年八十五岁。

阿加莎·克里斯蒂 侦探作品年表

波洛系列

1920	The Mysterious Affair at Styles	《斯泰尔斯庄园奇案》
1923	Murder on the Links	《高尔夫球场命案》
1924	Poirot Investigates	《首相绑架案》
1926	The Murder of Roger Ackroyd	《罗杰疑案》
1927	The Big Four	《四魔头》
1928	The Mystery of the Blue Train	《蓝色列车之谜》
1932	Peril at End House	《悬崖山庄奇案》
1933	Lord Edgware Dies	《人性记录》
1934	Murder on the Orient Express	《东方快车谋杀案》
1935	Three-Act Tragedy	《三幕悲剧》
1935	Death in the Clouds	《云中命案》
1936	The ABC Murders	《ABC谋杀案》
1936	Murder in Mesopotamia	《古墓之谜》
1936	Cards on the Table	《底牌》
1937	Dumb Witness	《沉默的证人》
1937	Death on the Nile	《尼罗河上的惨案》
1937	Murder in the Mews	《幽巷谋杀案》
1938	Appointment with Death	《死亡约会》
1938	Hercule Poirot's Christmas	《波洛圣诞探案记》
1940	Sad Cypress	《H庄园的午餐》
1940	One, Two, Buckle My Shoe	《牙医谋杀案》
1941	Evil Under the Sun	《阳光下的罪恶》
1943	Five Little Pigs	《五只小猪》
1946	The Hollow	《空幻之屋》
1947	The Labours of Hercules	《赫尔克里·波洛的丰功伟绩》
1948	Taken at the Flood	《顺水推舟》
1952	Mrs. McGinty's Dead	《清洁女工之死》
1953	After the Funeral	《葬礼之后》
1955	Hickory Dickory Dock	《山核桃大街谋杀案》
1956	Dead Man's Folly	《弄假成真》
1959	Cat Among the Pigeons	《鸽群中的猫》
1960	The Adventure of the Christmas Pudding	《雪地上的女尸》

阿加莎·克里斯蒂 侦探作品年表

1963　The Clocks《怪钟疑案》
1966　Third Girl《第三个女郎》
1969　Hallowe'en Party《万圣节前夜的谋杀》
1972　Elephants Can Remember《大象的证词》
1974　Poirot's Early Stories《蒙面女人》
1975　Curtain—Poirot's Last Case《帷幕》

马普尔小姐系列

1930　The Murder at the Vicarage《寓所谜案》
1932　The Thirteen Problems《死亡草》
1942　The Body in the Library《藏书室女尸之谜》
1943　The Moving Finger《魔手》
1950　A Murder Is Announced《谋杀启事》
1952　They Do It with Mirrors《借镜杀人》
1953　A Pocket Full of Rye《黑麦奇案》
1957　4.50 from Paddington《命案目睹记》
1962　The Mirror Crack'd from Side to side《破镜谋杀案》
1964　A Caribbean Mystery《加勒比海之谜》
1965　At Bertram's Hotel《伯特伦旅馆》
1971　Nemesis《复仇女神》
1976　Sleeping Murder《沉睡谋杀案》
1979　Miss Marple's Final Cases《马普尔小姐最后的案件》

其他系列及非系列

1922　The Secret Adversary《暗藏杀机》
1924　The Man in the Brown Suit《褐衣男子》
1925　The Secret of Chimneys《烟囱别墅之谜》
1929　Partners in Crime《犯罪团伙》
1929　The Seven Dials Mystery《七面钟之谜》
1930　The Mysterious Mr. Quin《神秘的奎因先生》
1931　The Sittaford Mystery《斯塔福特疑案》
1933　The Witness for the Prosecution and Other Stories《控方证人》
1934　Why Didn't They Ask Evans?《悬崖上的谋杀》

阿加莎·克里斯蒂 侦探作品年表

1934	The Listerdale Mystery 《金色的机遇》
1934	Parker Pyne Investigates 《惊险的浪漫》
1939	Murder Is Easy 《逆我者亡》
1939	And Then There Were None 《无人生还》
1941	N or M? 《桑苏西来客》
1944	Towards Zero 《零点》
1945	Sparkling Cyanide 《闪光的氰化物》
1945	Death Comes as the End 《死亡终局》
1949	Crooked House 《怪屋》
1950	Three Blind Mice and Other Stories 《三只瞎老鼠》
1951	They Came to Baghdad 《他们来到巴格达》
1954	Destination Unknown 《地狱之旅》
1958	Ordeal by Innocence 《奉命谋杀》
1961	The Pale Horse 《灰马酒店》
1967	Endless Night 《长夜》
1968	By the Pricking of My Thumbs 《煦阳岭的疑云》
1970	Passenger to Frankfurt 《天涯过客》
1973	Postern of Fate 《命运之门》
1991	Problem at Pollensa Bay 《神秘的第三者》
1997	While the Light Lasts 《灯火阑珊》

出版前言

纵观世界侦探文学一百七十余年的历史，如果说有谁已经超脱了这一类型文学的类型化束缚，恐怕我们只能想起两个名字——一个是虚构的人物歇洛克·福尔摩斯，而另一个便是真实的作家阿加莎·克里斯蒂。

阿加莎·克里斯蒂以她个人独特的魅力创造着侦探文学史上无数的传奇：她的创作生涯长达五十余年，一生撰写了八十余部侦探小说；她开创了侦探小说史上最著名的"黄金时代"；她让阅读从贵族走入家庭，渗透到每个人的生活中；她的作品被翻译成一百多种文字，畅销全球一百五十余个国家，作品销量与《圣经》《莎士比亚戏剧集》同列世界畅销书前三名；她的《罗杰疑案》《无人生还》《东方快车谋杀案》《尼罗河上的惨案》都是侦探小说史上的经典；她是侦探小说女王，因在侦探小说领域的独特贡献而被册封为爵士；她是侦探小说的符号和象征。她本身就是传奇。沏一杯红茶，配一张躺椅，在暖暖的阳光下读阿加莎的小说是一种生活方式，是惬意的享受，也是一种态度。

午夜文库成立之初就试图引进阿加莎的作品，但几次都与版权擦肩而过。随着午夜文库的专业化和影响力日益增强，阿加莎·克里斯蒂的版权继承人和哈珀柯林斯出版公司主动要求将版权独家授予新星出版社，并将阿加莎系列侦探小说并入午夜文库。这是对我们长期以来执着于侦探小说出版的褒奖，是对我们的信任与鼓励，更是一种压力和责任。

新版阿加莎·克里斯蒂作品由专业的侦探小说翻译家以最权威的英文版本为底本，全新翻译，并加入双语作品年表和阿加莎·克里斯蒂家族独家授权的照片、手稿等资料，力求全景展现"侦探女王"的风采与魅力。使读者不仅欣赏到作家的巧妙构思、离奇桥段和睿智语言，而且能体味到浓郁的英伦风情。

阿加莎作品的出版是一项系统工程，规模庞大，我们将努力使之臻于完美。或存在疏漏之处，欢迎方家指正。

新星出版社
午夜文库编辑部

Agatha Christie

Over the next few years, we plan to celebrate two very important Agatha Christie anniversaries. In 2015, it is the 125th anniversary of her birth in Torquay, South Devon, England, and in 2020 it will be 100 years after her first book, THE MYSTERIOUS AFFAIR AT STYLES, featuring her famous detective, Hercule Poirot, was published. This is therefore a very appropriate moment to publish a new edition of her works, and I am delighted that HarperCollins has chosen to work with New Star on these new editions. New Star is China's top crime publisher, and has a strong and dedicated editorial staff and a continued passion for Agatha Christie, making them the ideal partner. It is the right time to make these classic books available in modern translations and so to bring Agatha Christie's books anew to her many fans in China, giving them a new reason to re-read these much-loved stories, as well as introducing them to a whole new audience. How delighted Agatha Christie would have been that her stories (as she called them) are still giving so much pleasure to so many people all over the world!

I think there are two very remarkable things about Agatha Christie's stories. The first is that they are so adaptable. It doesn't really matter which language they appear in, the stories and the plots still give the same thrill, still provide the same puzzles, and the characters still have the same attraction. Readers in China will I am sure enjoy Hercule Poirot and Miss Marple just as much as we do in England, and readers in China will still be transfixed by the surprises and horrors of AND THEN THERE WERE NONE, one of the great classics of 20th century detective fiction, as we are here.

Agatha Christie

The second is that the stories give a wonderful picture of England, particularly rural England, at the time Agatha Christie lived. She wrote books from 1920 until 1970 but it is sometimes hard to tell which part of her life each book was written in. Her characters and the life they lived were very much the same. The life we all live is changing very quickly these days but the Agatha Christie world stays the same. Perhaps the Miss Marple stories provide the best example of this, and in some ways THE BODY IN THE LIBRARY and NEMESIS are quite similar, despite the fact that thirty years elapsed between the time they were written.

Perhaps I might end by mentioning three Agatha Christies (other than the ones mentioned above) which I think demonstrate why she is so popular, even in the twenty-first century. The first is MURDER ON THE ORIENT EXPRESS, one of the most famous with one of the most ingenious and human plots. Read this on one of your long train journeys in China! Next is A MURDER IS ANNOUNCED, a Miss Marple which was her 50th book. It has my favourite murderer in it! And last is ENDLESS NIGHT a story about evil and how it affects three young people, written at the time when I knew her best, and understood how deeply she cared and sympathised with young people and the world they lived in.

Whichever are your favourites I hope you enjoy these stories that New Star are introducing to you again. I think it is a great publishing event.

Mathew
Grandson of Agatha Christie
Chairman of Agatha Christie Ltd

致中国读者

(午夜文库版阿加莎·克里斯蒂作品集序)

在未来的几年中,我们将要筹备两个非常重要的关于阿加莎·克里斯蒂的纪念日。二〇一五年是她的一百二十五岁生日——她于一八九〇年出生于英国的托基市;二〇二〇年则是她的处女作《斯泰尔斯庄园奇案》问世一百周年的日子,她笔下最著名的侦探赫尔克里·波洛就是在这本书中首次登场。因此,新星出版社为中国读者们推出全新版本的克里斯蒂作品正是恰逢其时,而且我很高兴哈珀柯林斯选择了新星来出版这一全新版本。新星出版社是中国最好的侦探小说出版机构,拥有强大而且专业的编辑团队,并且对阿加莎·克里斯蒂的作品极有热情,这使得他们成为我们最理想的合作伙伴。如今正是一个良机,可以将这些经典作品重新翻译为更现代、更权威的版本,带给她的中国书迷,让大家有理由重温这些备受喜爱的故事,同时也可以将它们介绍给新的读者。如果阿加莎·克里斯蒂知道她的小故事们(她这样称呼自己的这些作品)仍然能给世界上这么多人带来如此巨大的阅读享受,该有多么高兴啊!

我认为阿加莎·克里斯蒂的作品有两个非常重要的特征。首先它们是非常易于理解的。无论以哪种语言呈现,故事和情节都同样惊险刺激,呈现给读者的谜团都同样精彩,而书中人物的魅力也丝毫不受影响。我完全可以肯定,中国的读者能够像我们英国人一样充分享受赫尔克里·波洛和马普尔小姐带来的乐趣;中国读者也会和我们一样，读到二十世纪最伟大的侦探经典作品——比如《无人生还》——的时候，被震惊和恐惧牢牢钉在原地。

第二个特征是这些故事给我们展开了一幅英格兰的精彩画卷，特别是阿加莎·克里斯蒂那个年代的英国乡村。她的作品写于二十世纪二十年代至七十年代间，不过有时候很难说清楚每一本书是在她人生中的哪一段日子里写下的。她笔下的人物，以及他们的生活，多多少少都有些相似。如今，我们的生活瞬息万变，但"阿加莎·克里斯蒂的世界"依旧永恒。也许马普尔小姐的故事提供了最好的范例：《藏书室女尸之谜》与《复仇女神》看起来颇为相似，但实际上它们的创作年代竟然相差了三十年。

最后，我想提三本书，在我心目中（除了上面提过的几本之外）这几本最能说明克里斯蒂为什么能够一直受到大家的喜爱。首先是《东方快车谋杀案》，最著名，也是最机智巧妙、最有人性的一本。当你在中国乘火车长途旅行时，不妨拿出来读读吧！第二本是《谋杀启事》，一个马普尔小姐系列的故事，也是克里斯蒂的第五十本著作。这本书里的诡计是我个人最喜欢的。最后是《长夜》，一个关于邪恶如何影响三个年轻人生活的故事。这本书的写作时间正是我最了解她的时候。我能体会到她对年轻人以及他们生活的世界关心至深。

现在新星出版社重新将这些故事奉献给了读者。无论你最爱的是哪一本，我都希望你能感受到这份快乐。我相信这是出版界的一件盛事。

阿加莎·克里斯蒂外孙
阿加莎·克里斯蒂有限责任公司董事长
马修·普理查德
二〇一三年二月二十日

阿加莎·克里斯蒂侦探小说全集 ㊶

弄假成真
Dead Man's Folly

[英] 阿加莎·克里斯蒂 著
杨俊峰 译

新 星 出 版 社　NEW STAR PRESS

献给佩吉和汉弗莱·特里维廉①

---

①汉弗莱·特里维廉(Humphrey Trevelyan)男爵是英国著名外交家,曾任英国驻中国代办(中文名"杜维廉"),以及英国驻伊拉克、埃及、苏联等国的大使,其夫人佩吉(Peggy)以好客著称。两人均为阿加莎夫妇的好友。

《弄假成真》简介

马修·普理查德

《弄假成真》的故事发生在一个真实的地方，这种构思模式在阿加莎·克里斯蒂的其他作品中很少见。具体来说，故事就发生在德文郡南部达特河边上的格林威庄园里。格林威庄园是妮玛（这是我对外祖母的称呼）夏季度假的地方，自一九三八年买下那座庄园到一九七六年她过世，这么多年她几乎每个夏天都住那儿。所以，借二〇一四年《弄假成真》再版之际，针对此事举行一个纪念活动也顺理成章，格林威庄园被国民托管组织[①]接管并对公众开放至今也已经过了十五个年头。

不过，去年在格林威庄园还有一件更具纪念意义的事情。英国独立电视台制作的由大卫·苏切特主演的《阿加莎·克里斯蒂：大侦探波洛》全集的收官之作《弄假成真》就是在该庄园拍摄的。至此，这部从一九八九年开机拍摄、开篇为《厨子惊魂》的系列剧在格林威庄园里宣布胜利杀青。我的外祖母和我的母亲罗莎琳德从一开始就十分支持开拍电视剧，但她们谁都不会想到会获得如此巨大的成功，真有一种大侦探赫尔克里·波洛凯旋的感觉。

[①] 英国国民托管组织（National Trust）创建于一八九五年，是一个对国际环境保护事业产生重大影响的民间慈善环保组织。它诞生于十九世纪晚期英国城市生存环境和社会秩序恶化的背景之下，其目标是要为英国人民永久保存那些带有英国传统特色的历史古迹或自然名胜。

天公也真是作美，虽是夏天，但凉爽宜人。那天是拍摄的最后一天，就在庄园门前——拍摄的那个片段对剧情本身虽然不很关键——但仍然让人心情激动，因为镜头里英俊潇洒的大侦探大卫·苏彻特正迈着矫健的步伐走上格林威庄园的台阶敲门。这个镜头反复拍摄三次之后，大家终于听到了盼望已久的那几个字："拍摄完成"。刹那间，所有在场的人的眼睛都湿润了，包括那些站在草坪上赶来庆贺这一时刻的人。是啊，这里已经创造了三个"之最"：拍摄了一部世上最受欢迎的电视连续剧；塑造了一位最受观众喜爱的文学人物赫尔克里·波洛；成就了一位最受观众喜爱的演员大卫·苏彻特。假设有人把这一喜讯告诉给我的外祖母（遗憾的是她从未见过大卫·苏彻特）：她的作品已被拍成一部长达十三季、七十多集、连续热播二十五年的连续剧，我敢说，她绝对不会相信这是真的。

我对《弄假成真》这本书一直特别喜欢，而且不是被拍成电视连续剧之后才开始喜欢的。该书于一九五六年出版，那年我十三岁，也正好是从那年开始，我喜欢上了妮玛写的书，那个时候我还在上学，暑假经常和家人（当然包括妮玛）到格林威庄园去住。我不能说我记得在草坪上举行的某个大型聚会，但我的确记得一些小型活动。那时候格林威庄园是外祖母款待文学界与戏剧界朋友的地方（这一时期妮玛已经是伦敦西区最负盛名的剧作家），每逢有活动，我外祖父麦克斯·马洛温的很多考古界的朋友也会出席。妮玛从来不会把现实中的人物整个拿来作为她作品中的人物形象，但我也不得不承认，她创作的人物当中，包括乔治爵士、斯塔布斯夫人，尤其是弗里亚特太太，确实有一些身边人的影子。所以，当我在《弄假成真》中看到背包客时，我丝毫没有感到惊讶，因为我们家邻近就有个叫"五月池塘"的青年旅舍，那里不时会出现一些背包客。

另外，我觉得《弄假成真》使我回想起童年时期的两段记忆：一个是人物，一个是地方，这两段我至今记忆犹新。这个人是阿丽雅德妮·奥利弗，她特别喜欢咋咋呼呼的，妮玛可是很少那样。不过，她也有自己热衷的事物，她对苹果的偏爱以及作家的那种好奇心让我想起了妮玛。这个人在七部小说中出现过，其中六部是与波洛一起出现，佐伊·沃纳梅克在影片中对她的演绎也十分完美。拍摄地是个船库，就是那个可怜的女孩儿被害的地方。我和妮玛经常在下午到那个船库去看来来往往的游艇（寇罗兰号、佩恩顿骄傲号、布里克瑟姆贝莱号，还有一些看上去非常奇妙的汽轮船。现在还有一条汽轮船仍完好无损，真令人高兴）。船上的导游总喜欢对游客们提及格林威庄园，说那就是阿加莎·克里斯蒂的家，导游的话准确的时候不多（严格地说，格林威庄园是外祖母度假的地方）。游船驶过时，虽然能听到导游们提到克里斯蒂，但从来没听人说有谁认出她来，那个时候她和她的外孙正不声不响地坐在船库里。

现在再次读这本书的时候，我好像记起了第一次读它的情景，那时书刚刚出版，我也才十几岁，也许是第一次真正懂得了侦探小说的结构与真实人物和真实地点的关系，因为我熟悉书中的那些人物和地点。正是因为妮玛故事的真实性，所以现在读起来仍然那么真切，那么令人信服。小时候读书，书中提到的考古和中东对我来说就只是一些虚构成分而已，其实不然，妮玛使用的创作技巧和在《弄假成真》中相同，都是按照真实人物的性格特征和真实的建筑物的特点进行描写的，只是在此基础上增添了一些虚构成分。希望有一天，我也能到伊拉克的尼姆罗德古城去看看，到埃及的金字塔，或是那些给予妮玛灵感的地方去参观旅游，亲自体验和感受她曾经到过的地方。最近我去了一趟加那利群岛，参观了那里最大的岛屿特纳里夫岛，那是一个充满灵感的地方，是"海上来客"中哈利·奎因故事的发生地（见《神秘的奎因先生》一书）——这是一部构思巧妙的短篇小说，我亲自去过那里之后就越发觉得故事写得实在是太精彩了。

另一个与我们家关系密切的事情是《弄假成真》的版本问题。大家现在读到的《弄假成真》不是最初的版本，最初的没有这么长，名字也不叫《弄假成真》，而是叫《绿岸迷踪》。最初，妮玛想把短篇小说挣得的版税捐给埃克赛特教区，用于修建格林威庄园附近的彻斯顿教堂的彩色玻璃窗。不幸的是，之前出版外祖母短篇小说的杂志社认为故事太长，不同意出版，经纪人也无法说服杂志社。这个时候教区已经不能再等，因为先前对彻斯顿教堂有关彩色玻璃窗的承诺必须兑现了。所以，妮玛就为教区重新写了一个篇幅更短的故事，取名为《格林肖迷踪》（塑造了马普尔小姐而不是波洛），并决定将短篇小说《绿岸迷踪》的故事写得更丰满些，以长篇小说的面貌出版，这就是现在的《弄假成真》。这样，大家就都得到了自己想要的。如果你到格林威庄园去参观的话，务必到彻斯顿教堂看看，因为那里五颜六色的彩色玻璃窗实在是太宏伟壮观了。（如果你对一九五四年简短一些的老版《弄假成真》感兴趣的话，《赫尔克里·波洛和绿岸迷踪》会在二〇一四年出版，以纪念其六十周年。）

大家可能已经知道，一九九九年我们将格林威庄园交给了国民托管组织，基本全年对公众开放。现在每个人都可以参观谋杀案的现场——船库，或者在海蒂·斯塔布斯曾经坐过的地方坐下来放松一下，对前来参观的背包客要有礼貌，因为他们也是可以进来参观的！你会看到国民托管组织的商店里出售所有阿加莎·克里斯蒂的书,在英格兰西部,这里的书最全。《弄假成真》的故事发生在一个真实的地方,虽然这种情况在克里斯蒂的作品中不常见,但《弄假成真》绝非是唯一出现格林威庄园影子的小说。如果大家喜欢有真实地点的小说,千万不能错过《五只小猪》,里面的谋杀案就发生在格林威庄园的炮台那儿!

最后,我想说的是,我经常用一个词来形容阿加莎·克里斯蒂的书籍和电影,那就是"受欢迎",我打心底里认为国民托管组织的两位总经理罗宾·布朗和加里·卡兰德以及他们所雇佣的员工,自一九九九年以来,工作都非常出色,他们把格林威庄园变成了一个大家喜欢来的地方,我小的时候,妮玛就是这么管理这个庄园的。我希望,如果已经读过《弄假成真》,也看过大卫·苏彻特主演的电影,那么,你也应该到故事的原发地去看一看,那将会带给你无尽的乐趣和遐想!

1

接电话的是赫尔克里·波洛的秘书，干练利落的莱蒙小姐。

她放下手中的速记本，拿起听筒用平缓的语气说："特拉法尔加①八一三七。"

赫尔克里·波洛再次躺回到直立的椅背上，闭上了双眼，若有所思地用手指轻轻敲打着桌子边儿，脑海里继续构思着刚才还没有口述完的那封信。

莱蒙小姐用手捂着话筒轻声问波洛：

"有人从德文郡的纳瑟康贝打来电话找你，你接吗？"

波洛皱起了眉头。这个地名对他没有任何意义。

"打电话的人叫什么？"他谨慎地问。

莱蒙小姐对着话筒说起话来。

"空袭②？"她半信半疑地问，"啊，明白了。你刚才说姓什么来着？"

她又一次把头转向赫尔克里·波洛。

"阿里阿德涅·奥利弗夫人。"

赫尔克里·波洛的眉毛竖了起来。一幅画面渐渐出现在他脑

---

① 位于西班牙南部直布罗陀海峡两端。一八〇五年，英国海军在这里与法国和西班牙联合舰队作战，大获全胜。
② "air-raid"与奥利弗夫人的名字"Ariadne"发音相似，故莱蒙小姐一开始没能听清。

海中：一头被风吹散的灰白发……老鹰般的轮廓……

他起身从莱蒙小姐手中接过电话。

"我是赫尔克里·波洛。"话音中透着一种炫耀。

"是赫尔克里·波洛先生本人吗？"接线员有些怀疑地问。

波洛向她保证说是他本人，不会有错。

"帮你接通了波洛先生。"电话里的声音说。

刚才那个纤细的声音突然变成了一个粗壮有力的声音，波洛立刻将听筒从耳边移开了一段距离。

"真的是你吗，波洛先生？"奥利弗夫人问道。

"没错，就是我，夫人。"

"我是奥利弗夫人。我不知道你是否还记得我——"

"我当然记得，夫人。谁能把您给忘了。"

"其实，人们有时候是会记不得，"奥利弗夫人说，"实际上，经常如此。我又没有什么突出的地方，说不定是因为我经常换发型。不过这些都是题外话。希望我没打扰你繁忙的工作吧？"

"没有没有，丝毫没有打扰我。"

"太好了，我可不想让你心烦，事实上，我需要你。"

"需要我？"

"是的，马上。你可以乘飞机过来吗？"

"我从不乘飞机，我晕机。"

"我也晕机。也好，反正飞机也不比火车快多少，因为离这里最近的机场在埃克赛特，离我这儿有好几英里远。你就乘火车来吧，十二点有一趟火车，从帕丁顿开往纳瑟康贝。你完全可以赶得上。还有四十五分钟的时间，如果我的手表准的话，不过准的时候不多。"

"可是，你在什么地方，夫人？到底发生了什么事？"

"纳瑟康贝的纳斯庄园,到达纳瑟康贝后,车站会有轿车或出租车等你。"

"可是,你为什么需要我?这到底是怎么回事?"波洛有些焦急地又问了一遍。

"电话机安装得都不是地方,"奥利弗夫人说,"这部电话机装在走廊里……总有人来来往往的,总有人讲话……电话根本听不清。我等着你,大家都会对你的到来感到兴奋的,再见。"

对方咔嗒一声挂断了电话,听筒里发出一阵嗡嗡声。

波洛有些不知所措,一边放电话一边嘟囔着什么。莱蒙小姐镇定自若地坐在那里,对刚才的一幕没有流露出任何好奇。她用平缓的语气复述着被打断之前口述的最后那句话:

"……请允许我向你保证,亲爱的先生,你提出的那个假设……"

波洛挥了挥手,示意不要再复述那个假设了。

"来电话的是奥利弗夫人,"他说,"阿里阿德涅·奥利弗,侦探小说作家。你也许读过……"但他没有继续往下说,他想起来了,莱蒙小姐只读一些有助于她进步和提高方面的书籍,对犯罪小说这类无聊的书不屑一顾。"她要我今天就到德文郡去,立刻就到,要在——"他瞥了一眼钟表,"三十五分钟之内。"

莱蒙小姐抬了下眉毛,有些不以为然。

"时间够紧张的,"她说,"是什么事情非要您立刻赶过去?"

"这个问题我也没有答案!她没说。"

"真奇怪,为什么不说呢?"

"因为,"赫尔克里·波洛若有所思地说道,"她怕被别人听到,肯定是的,这一点她表达得很清楚。"

"哦,真的?"莱蒙小姐在为她的雇主打抱不平,"人们总期待事情按自己所想得那样发展！幻想着你能为了一件没有影子的事儿招之即来！您是个大人物！我早就注意到了，那些艺术家，还有那些作家，根本就没有分寸感，连最基本的判断力都没有。要不我给邮局打个电话发封电报：遗憾无法离开伦敦？"

她伸手去拿电话，却被波洛制止了。

"不要①，"他说，"不但不要发电报，而且请你马上叫辆出租车。"他抬高嗓门喊了一声："乔治！把洗漱用品给我装到手提箱里，快，越快越好，我要赶火车。"

全程共二百一十二英里，列车全速跑了一百八十英里后，最后的三十多英里速度慢了下来。列车冒着白色的蒸汽有些羞愧地缓缓开进了纳瑟康贝火车站。只有一个人下车，那就是赫尔克里·波洛。他小心翼翼地跨过车厢台阶和站台之间的大间隙，朝四周望了望。一个搬运工在火车远远的一头一个行李车厢里正忙着。波洛拎起手提箱，沿着站台向出口方向走去。他交回票根，从售票室走了出去。

一辆亨伯轿车停在外面，有个身穿制服的司机朝他走来。

"您是赫尔克里·波洛先生吧？"他彬彬有礼地问道。

他接过波洛先生手里的箱子，为他打开车门。他们驱车离开车站，越过铁道桥，转入两旁都是高树篱的乡间小路。右侧的高树篱很快消失，露出一条美丽的河流，远处有朦朦胧胧的绿色的小山丘。司机把车子靠近树篱，停了下来。

"这是海尔姆河，先生，"他说，"远处是达特姆尔高原。"

---
① 原文为法语。

很显然，这片景色是值得欣赏值得赞美的。波洛附和着司机小声赞美了几句"壮丽！"实际上，自然景观对他没有什么吸引力，一个精心培育整理出来的菜园子倒是很有可能让他打心底里赞美几句。两个女孩从他们的车旁走过，步履艰难地慢慢往山坡上走，她们背着沉重的行李，穿着短裤，头上包着彩色头巾。

"我们隔壁有家青年旅舍，先生，"司机解释道，很显然他这一路决定兼任导游的角色，"胡塘公园，以前是福莱彻先生住的地方，青年旅舍联盟把它买了下来，每个夏季都爆满，每天晚上都有上百名客人住店。住宿时间不能超过两个晚上，然后就得继续上路。男女青年都有，而且大部分是外国人。"

波洛心不在焉地点了点头。他心里在想——并非第一次——从背后看上去，女性很不适合穿短裤。

他痛苦地闭上了双眼。为什么，噢，为什么年轻女子如此穿着？橘红色的大腿丝毫没有任何吸引力！

"看上去她们身上的东西很重啊。"他喃喃地说道。

"是的，先生，而且离火车站或公交车站还有好长一段距离。到胡塘公园至少有两英里。"他犹豫了一下，"如果您不反对的话，先生，我们可以让她们搭一下便车，你看行吗？"

"当然可以，当然可以。"波洛的语气里透着仁慈。他一个人坐在一部大汽车里，舒舒服服，而两个年轻姑娘却气喘吁吁、汗流浃背地背着沉重的背包行走，而且丝毫都不知道如何穿着打扮才能对异性产生吸引力。司机发动了车子，开到两个女孩身旁缓慢停了下来。她们扬起布满汗珠且红润的脸庞，心里充满了希望。

波洛打开车门，两个女孩爬进了车子里。

"真好心，"其中一个皮肤白皙的女孩带着外国口音说，"这段路比我想象得远。"

另一个女孩的脸被晒得黑里透红。她一头栗褐色鬈发,裹着头巾,眼睛转个不停,但没有说话,只是点头。

她一龇牙,露出一口洁白的牙齿。她是在低声道谢。皮肤白皙的女孩继续爽朗地谈着。

"我是到英国来度假的,两周。我是荷兰人,我非常喜欢英国。我去过莎士比亚的故乡斯特拉特福特,还参观过莎士比亚剧场和华威城堡。然后又去了克劳夫利,现在又来到了埃克塞特大教堂和托基——太美了——我到了著名的风景区。明天要过河,到普利茅斯,发现新大陆的人就是从普利茅斯港出发的。"

"你呢,姑娘?"波洛转过头去问另一个女孩儿,但那个满头鬈发的女孩儿只是微笑着摇了摇头。

"她不太会讲英语,"荷兰女孩儿好心地说,"法语我们会讲一点——所以在火车上我们用法语交流。她是从米兰附近来的,在英国有个亲戚,嫁给了一个开杂货铺的。她和朋友一起来,昨天到的埃克赛特,可是呢,她的朋友吃坏了肚子,在埃克赛特一家店里吃了有问题的牛肉火腿馅饼,病了,走不了了。天气这么热,吃牛肉火腿馅饼不好。"

这时候,司机放慢了车速,前面有个岔道。两个女孩儿下了车,两人用不同的语言跟司机道谢之后,顺着左边那条路向坡上走去。司机暂时放下了他那副傲气凌人的架子,推心置腹地对波洛说:

"不只是牛肉火腿馅饼,康沃尔馅饼也不要轻易吃。他们什么东西都往馅里放,现在是度假的季节。"

他重新启动了车子,沿着右边的岔路向前开去,不一会儿就驶进了一片茂密的林子。他还在滔滔不绝地评论着青年旅舍的住客。

"在那家旅舍住的人,有些女孩儿不错,"他说,"不过呢,很难让她们明白,擅自闯入私人宅地是不对的。她们的做法真是让你目瞪口呆。这里的宅地归私人所有,连这点儿道理好像都不懂。她们这些人老是穿过我们的林地,装作不懂你对她们说什么。"

他神情黯然地摇摇头。

他们继续前行,穿过林地,下了一段陡坡,穿过一道大铁门,顺着车道拐了一个弯,最后来到一幢白色的乔治国王时代的别墅前,别墅俯瞰着河流。

司机打开车门,一个黑发高个子男管家出现在台阶上。

"您就是赫尔克里·波洛先生吧?"管家说。

"是的。"

"奥利弗夫人正等着您呢,先生。您会在炮台那儿见到她。请允许我给您引路。"

波洛被引上一条蜿蜒崎岖的小道,透过林子可以看到下面的河流。小道顺势而下,尽头是一块圆形的开阔地,这里有一道带有城垛的矮护墙。奥利弗夫人正坐在护墙上。

她起身去迎他,几个苹果从她膝头掉了下来,四处滚动。来见奥利弗夫人,苹果似乎是避不开的主题。

"我想不通为什么我总是掉东西。"奥利弗夫人有点含混不清地说,因为她满嘴都是苹果,"你好吗,波洛先生?"

"很好,夫人[①],"赫尔克里·波洛彬彬有礼地回答道,"您好吗?"

[①]原文为法语。

奥利弗夫人看上去跟波洛上次见到她时有些不同，原因是——就像她在电话中已经暗示过的——她又改了一种新发型。上一次波洛见到她时，她的发型是披散开的。今天，她的头发染成了深蓝色，向上盘起，一层叠一层，还做出了许多小卷，像个侯爵夫人似的。那侯爵夫人般的效果到她的脖子为止，身体其余部分的打扮可以标明为"乡村实用型"，她身着一件刺眼的蛋黄色粗呢上衣和裙子，外面披着一件令人作呕的芥末色外套。

"我就知道你会来的。"奥利弗夫人显得很得意。

"你不可能知道。"波洛非常认真地说。

"噢，是的，我知道。"

"我现在仍然在问我自己为什么来这里。"

"是啊，我知道答案，是你的好奇心。"

波洛看着她，两眼闪烁。"你那有名的女性直觉，"他说，"或许没有一度把你带到太离谱的地方去吧。"

"不要取笑我的女性直觉，我还不是每次都能马上认出凶手来？"

波洛殷勤地沉默了下来。要不然他可能会说："或许是第五次的时候说准了，但并非每一次！"

可他没么说，反而朝四周看了看，换了话题：

"你这里可真是个风景如画的地方啊。"

"这里吗？可惜这里并不是我的，波洛先生。你以为是我的吗？噢，不是，这个地方归斯塔布斯家族。"

"他们是什么人？"

"噢，其实是无名小卒，"奥利弗夫人含糊地说，"只是有钱。我来这里是为了正事，来工作。"

"啊,你是来为你的杰作①寻找地方色彩?"

"不,不。就像我刚才说的,我在工作,我被约来策划一场谋杀。"

波洛睁大眼睛盯着她。

"噢,不是真的谋杀,"奥利弗夫人解释说,"明天这里有一场大型游园会,为了让大家有新奇感,游园会上将安排一场'寻凶'游戏。由我来安排,就像寻宝游戏一样;只是他们经常举办寻宝活动,因此大家认为这么安排会带来新奇感。所以他们就付给我一笔非常可观的费用来这里筹划这场活动。相当好玩,真的——跟一般乏味的老套游戏不同,换换口味。"

"怎么个玩法?"

"呃,必须要有一个被害人。还得有一些线索,还得有嫌疑人,一切都是按照惯例来——淫妇、勒索者、年轻的情侣和邪恶的仆人等等。花两个半先令的钱买门票进园,就先给你看第一个线索,然后你就得找到被害人、凶器,而且说出是谁干的,动机何在,我们会备些奖品。"

"精彩极了!"赫尔克里·波洛说。

"实际上,"奥利弗夫人追悔莫及地说,"真正安排起来要比你想象得难多了,因为得考虑到现实中的人是相当聪明的,而在我的书里头他们不需要那么有智慧。"

"那就是说,你找我来是要我帮你安排这项活动?"

波洛无意掩饰心中的愤慨。

"哦,不是的,"奥利弗夫人说,"当然不是!该安排的我都安排完了,明天的安排全部妥当了。真的不是。我请你来是为了

---

①原文为法语。

别的原因。"

"什么原因?"

奥利弗夫人双手举向头,正要习惯性地去狂抓头发时,突然想起了她发型的复杂性,便顺势拉了拉耳垂来宣泄她内心的感受。

"或许我是个傻瓜,"她说,"但我总感觉哪里不对劲儿。"

2

波洛睁大眼睛盯着她愣了半天,然后猛然问道:"哪里不对劲儿?怎么不对劲儿?"

"我不知道……这也是我急着让你来的原因。我有种感觉,而且越来越强烈,感觉从一开始就有人在背后——哦——密谋……搞鬼……或许我是个傻瓜,但我只能说如果明天出现的不是我设计的'寻凶'游戏,而是桩真的凶杀案,我也不会惊讶的!"

波洛凝视着她,她也目不转睛地看着波洛。

"非常有趣。"波洛说。

"你现在肯定觉得我是个大傻瓜。"奥利弗夫人似乎怕对方小看她。

"我从没认为你是个傻瓜。"波洛说。

"而且我一直知道你对直觉的说法——或看法。"

"对待同一件事情,每个人的看法都不一样,"波洛说,"我肯定你是注意到了什么,或是听到了什么让你担心的事。很可能你自己都不知道具体是什么,你只是担心结果。或许我可以这样说:你不知道自己知道了什么。如果你乐意的话,也许可以把它称之为直觉。"

"它让我感觉自己好傻,"奥利弗夫人感到有些悲哀,"不敢确定是什么事。"

"我们会慢慢弄清楚的,"波洛给她鼓劲儿道,"你说你有种感觉,话是怎么说的来着,从一开始就是个骗局?你什么意思?再说清楚点儿?"

"哦,我说不清楚……你看,这就等于说是我搞的一场谋杀案,是我构思出来的,是我策划的,没有任何破绽,一切都天衣无缝。如果你对作家有所了解的话,你就会知道,作家是不会接受任何人的建议的。人们会说:'是很棒,不过,如果这个人这么做的话不是更好吗?'或'如果把受害人甲变成受害人乙不是会更妙吗?'或'如果最后抓到的杀人犯是丙而不是丁岂不会更好?'我的意思是说,作者就会说:'好吧,如果你想要那样的结局,那你就自己写吧!'"

波洛点点头。

"就这些?"

"不完全是……听了那种愚蠢的建议,我立马就火儿了,他们也就没再坚持,但他们的建议还是在一些无关紧要的情节上不知不觉地对我产生了些影响。由于我在关键的地方坚持了自己的立场,所以就在一些不明显的地方按照他们的建议做了些修改。"

"我明白了,"波洛说,"嗯——这就是一种方式……提出一些欠考虑甚至荒谬的东西——但重点不在这里。他们真正的目的是修改一些细小的情节,你是这个意思吗?"

"正是!"奥利弗夫人说,"当然了,这些有可能都是我想象出来的,可我并不认为我是胡乱猜测,而且反正都是一些无关紧要的事。但这很令我担忧,嗯,就是一……嗯……对整个气氛担忧。"

"这些修改建议是哪位提出来的?"

"不同的人提出来的,"奥利弗夫人说,"如果只是一个人的话,我就会十分肯定问题所在了,关键不是一个人——虽然我认为应该是一个人,我的意思是说,是一个人通过多个不太令人起疑心的人提出的。"

"你知道那个人是谁吗?"

奥利弗夫人摇了摇头说:

"是个很聪明的人,做事很谨慎,任何人都有可能。"

"都是些什么人?"波洛问,"人物肯定不会很多吧?"

"哦,"奥利弗夫人回答说,"有这个庄园的主人乔治·斯塔布斯爵士,有钱,俗气,但我认为他除了生意,其他一窍不通,或许在生意上精明得要命。另外还有斯塔布斯夫人,海蒂,大约比他小二十岁,长得很漂亮,不过愚笨得很——事实上,我认为她是个不折不扣的白痴。她是看中了他的钱才嫁给他的,这就不用说了。脑子里只有衣服和珠宝。还有一位,就是迈克尔·韦曼。他是个建筑师,年轻,帅气,骨子里透着艺术家的气质。他在为乔治爵士设计一个网球亭式看台,同时也在修复那个怪建筑。"

"怪建筑?那是什么,化装舞会馆?"

"不是,是个非常荒唐的建筑物,一个像庙宇的东西,白色的,有柱子。说不定你在皇家植物园见过类似的建筑。还有布鲁伊斯小姐,她算是个秘书兼女管家,管理着大事小情,还负责书写信件,待人很严肃,但很能干。再就是一些住在附近过来帮忙的人。一对住在河边一幢小平房的年轻夫妇——亚历克·莱格和他的妻子莎莉。还有沃伯顿上尉,他是马斯特顿夫妇的手下。当然还有马斯特顿夫妇,以及住在过去的门房里上了年纪的弗里亚特太太。她丈夫家原先是纳斯庄园的主人。但是他们家的人都去世了,也许是死于战争,遗产税太重,所以最后一位继承人把这个地方卖掉了。"

波洛思考着刚才这些人物,但是目前对他来说他们只不过是一些人名而已,没有太多的实际意义。他把话题又重新转回到主要问题上。

"是谁想出的这个'寻凶'的游戏?"

"我想应该是马斯特顿太太。她是本地国会议员的妻子,很有组织能力,在这里举办这次游园会就是她说服的乔治爵士。你看,这个地方已经有好多年没有人住了,她认为人们会很乐于慷慨解囊进来一饱眼福。"

"这一切看起来都很清楚了。"波洛说。

"只不过看起来是,"奥利弗夫人很顽固地说,"但实际上并非如此。我告诉你,波洛先生,绝对有什么不对劲。"

波洛和奥利弗两人你看看我,我看看你。

"我出现在现场你是怎么跟大家说的?为什么请我来?"波洛问。

"那容易,"奥利弗夫人说,"你是来为'寻凶'游戏颁奖的。大家都感到非常刺激。我说我认识你,说不定能说服你来,而且我当时就相信你的大名肯定会很吸引眼球——当然,肯定如此。"奥利弗夫人十分机智地加了一句。

"你的这个提议就这么被大家接受了,没有任何人提出异议?"

"当时所有在场的人都感到很兴奋。"

其实当时有那么一两个年龄小的人问起过"赫尔克里·波洛是谁?",但奥利弗夫人认为没有必要提及此事。

"所有的人?没有任何人提出异议?"

奥利弗夫人摇了摇头。

"真是太可惜了。"赫尔克里·波洛说。

"你的意思是这可能给我们提供一些线索？"

"一个打算杀人的家伙不可能希望我在现场。"

"我知道你是怎么想的，你认为这一切都是我想象出来的，"奥利弗夫人可怜兮兮地说，"我必须承认，在跟你交谈之前，我完全没有意识到我什么线索也提供不了。"

"你冷静一下，"波洛体贴地说，"对这件事我很好奇，而且也很感兴趣。我们从哪儿开始？"

奥利弗夫人看了看手表。

"现在正好是下午茶时间，我们回屋子去吧，你也和大家在那里见个面。"

她走上一条跟波洛来时截然不同的小道。这条小道看上去是通往相反方向的。

"我们这么走会经过船库。"奥利弗夫人解释说。

两人边走边说，转眼间船库就映入眼帘。船库伸向河面，茅草屋顶，美如画卷。

"尸体将会出现在那儿，"奥利弗夫人说，"我是指'寻凶'游戏里的尸体。"

"那个将被杀害的人是谁？"

"噢，一个女背包客，其实她是一位年轻原子科学家的第一任南斯拉夫籍太太。"奥利弗夫人对答如流。

波洛眨了眨眼。

"当然了，表面上看起来像是这个原子科学家杀的——不过自然不是那么简单。"

"自然不是——既然是你的构思……"

奥利弗夫人挥挥手接受他的恭维。

"实际上,"她说,"她是被乡绅杀害的,而动机也的确十分罕见,我认为多数人是想不到的。尽管在第五条线索上有十分明显的指向。"

波洛决定先不去理会这些细节,转而向她提出一个实实在在的问题:

"可你是如何安排一个合适的尸体的呢?"

"女童子军,"奥利弗夫人说,"本来安排萨利·莱格当尸体,可是现在他们要她包上头巾当算命的。所以就改由一个叫玛琳·塔克的女童子军当尸体,她不太机灵,还喜欢打听别人的事儿。"她补充了一句。"这个不难,有农夫的围巾和背包就行了。当她听见有人来的时候,就躺倒在地上,把绳子绕在脖子上就可以了。不过这对那个可怜的孩子来说有点乏味,一直闷在船库里头,直到被人发现,不过我已经为她准备了一摞好看的漫画书。事实上有一条凶手的线索就涂写在其中一本漫画书上,所以一切都顺理成章。"

"你的构思太巧妙了,简直把我给迷住了!你想出来的这些情节!"

"想出这些情节向来不难。"奥利弗夫人说,

"麻烦的是你想得太多之后,就会变得太过复杂,这个时候就得删掉一些,这才叫人感到苦恼。现在我们沿这条路上去。"

他们向上走去,这是一条蜿蜒陡峭的小路,在较高的地面上沿着河流往回走。在树林里转过一个弯,他们来到一片空地上,这里有一座带白色壁柱的小庙宇。一个穿着破旧的法兰绒裤子和绿衬衫的年轻人皱着眉头站在不远处,盯着那座庙宇。那人突然朝他们转过身来。

"迈克尔·韦曼先生，这是赫尔克里·波洛先生。"奥利弗夫人说。

那个年轻人听后漫不经心地点了下头。

"太离谱了，"他尖刻地说，"在这种地方建东西！我是说，这里的这个东西。它大约一年前刚刚建起来——就建筑本身来说还是不错的，而且也符合房子的年代。可是，为什么要建在这里呢？建筑是为了给人看的——'位居要津'——人们都这样说。应该建在绿草茵茵、水仙满塘等等的地方。可是这可怜的小东西却被建在林地里，被树遮挡着，从任何地方都看不见。要想从河流那一侧看见，你得砍下二三十棵树才行。"

"或许是没有任何其他的地方可建吧？"奥利弗夫人说。

迈克尔·韦曼哼了一声。

"那栋别墅旁边的草堤上就是完美的自然艺术背景。不过，这些企业大亨可不这么看，他们全都一个样，没有艺术细胞；就对一些奇形怪状的东西着迷，喜欢上了就找人来随便找个地方建一个。我后来了解到，这里有棵大橡树被大风刮倒了，地面上留下一个十分难看的大坑。'噢，我们在那儿建一座装饰性的建筑把那难看的大坑掩盖起来'，那个笨蛋说。他们能想到的也就是掩饰，这帮富得流油的城里人！我奇怪他怎么没在别墅四周种上一席一垄的红天竺葵和蒲包草呢！像那种人，就不应该让他拥有这样的地方！"

他越说越来劲儿。

"这个年轻人，"波洛自言自语道，"一定不喜欢乔治·斯塔布斯爵士。"

"这是水泥地基，"韦曼说，"而底下都是松土——所以下陷了。这里全部都裂开了——不久就会有危险……最好全部拆掉，到别墅旁边的草堤上去重建。这是我的忠告，可是那个顽固的老傻瓜不听。"

"那个网球亭式看台呢？"奥利弗夫人问。

年轻人显得更加郁闷。

"他想要一个中国塔式的建筑，"他闷哼一声说，"亭柱上要有龙，拜托！就因为斯塔布斯夫人喜爱戴中国式的大檐儿帽，可是谁来当建筑师呢？想要建一栋像样的东西的人没钱，而那些有钱人建的那些东西要多丑有多丑！"

"我很同情你。"波洛认真地说。

"乔治·斯塔布斯，"建筑师对乔治爵士有些不屑一顾，"他以为他是谁？战争年代在远离硝烟的威尔士做过一些轻松舒服的海事工作，留起了胡子，以此来显示自己参加过护航任务，他们都这么说。铜臭，满身铜臭！"

"呃，你们建筑师总得要有个有钱可花的人，要不然你们就永远没工作了。"奥利弗夫人这么说还是有道理的。她继续朝别墅方向走去，波洛和那个无精打采的建筑师跟在后面。

"这些企业大亨，"年轻的建筑师火药味十足地说，"连最基本的原理都不懂。"他最后踢了一脚那个倾斜的建筑物，"如果地基烂了——一切就都烂了。"

"你这句话很有深度，"波洛说，"不错，是很有深度。"

他们沿着小路走出林地，眼前的别墅在背后阴暗的树木衬托下显得很白净，很漂亮。

"真是太美了，美极了。"波洛喃喃说道。

"他想要建个台球室。"韦曼先生恶狠狠地说。

在他们底下的堤坡上，一个矮小的老妇人正忙着修剪一片灌木丛。她爬上坡来跟他们打招呼，有点儿喘不过气。

"这些都荒废多年了，"她说，"而且时下要找个会弄灌木丛的人很难。这片坡地在三四月里应该是色彩斑斓，可是今年非常叫人失望，所有这些枯木都应该在去年秋天就剪掉——"

"赫尔克里·波洛先生，弗里亚特太太。"奥利弗夫人说。

老妇人微微一笑。

"原来这位就是伟大的波洛先生！你来帮我们明天的活动真好。这位聪明的太太已经想出了一个非常令人困惑的难题。这将是一大新奇活动。"

波洛被这个老妇人的优雅举止弄得不知如何是好。他想，她可能就是这里的女主人。

他彬彬有礼地说：

"奥利弗夫人是我的老朋友。我很高兴能应她之邀而来。这儿的确是个非常美丽的地方，多么高贵、多么雄伟的庄园啊。"

弗里亚特太太一本正经地点了点头。

"是的，这别墅是我先生的曾祖父在一七九〇年建的。原先它是一幢伊丽莎白女王①时代的建筑，后来破旧得无法再修复，大约在一七〇〇年被烧毁。我们家自从一五九八年以来就一直住在这里。"

她的声音很平静，没有丝毫做作。波洛更加专注地看着她。他看到的是一个身材矮小、动作简练、穿着朴素的人。她最惹人注目的特征是那双清澈的蓝眼睛。她一头灰发罩在发网里。尽管她不注重外表——这一点非常明显——但她身上仍然透出一种让人难以言表的风度。

当他们一起走向别墅时，波洛客气地说："让陌生人住在这

---

①指的是伊丽莎白一世（Elizabeth I，英国女王，1558—1603年在位）。统治期间，击溃西班牙无敌舰队，确立了英国的海上霸权。

里一定让你觉得不舒服吧。"

弗里亚特太太在回答之前,停顿了一下。她的声音清澈,语气语调都恰到好处,而且没有任何感情色彩。

"让人不舒服的事情太多了,波洛先生。"她说。

3

弗里亚特太太率先进入别墅,波洛跟在她身后。别墅非常雅致,而且格局也很美。弗里亚特太太穿过左侧一道门,走进一间装修讲究的小客厅,继续向前进入一间大客厅。客厅里都是人,就在他们进入的一刹那,里面的人似乎同时开了腔。

"乔治,"弗里亚特太太说,"这位是波洛先生,他是专程过来为我们提供帮助的。这位是乔治·斯塔布斯爵士。"

一直在高谈阔论的乔治爵士猛然转过身来。他长得五大三粗,脸庞微红,看上去气色很好,但胡子和脸型有些不协调,像是一个拿不定主意扮演哪个角色才好的演员——是演乡绅还是演来自大英帝国自治领的土老帽领导人。虽然迈克尔·韦曼说乔治曾在海军服过役,但丝毫看不出他有军人的架势。他的举止以及讲话声音都透出一种快乐,淡蓝色的眼睛虽小但很精明,有一种特殊的穿透力。

他和波洛打着招呼,十分热情。

"奥利弗夫人能把您请来,我们真是太高兴了,"他说,"她的头脑太好用了,你将是这个活动的一大亮点。"

他茫然地朝四周看了看。

"海蒂?"他又拔高声音喊了一遍,"海蒂?"

斯塔布斯夫人正放松地倚靠在离人群远一点儿的一张大沙发

里。她似乎没有注意周围的一切,而是低头看着自己放在沙发扶手上的一只手在微笑。她左右晃动着那只手,有意识地将中指上的那颗大大的绿宝石对着灯光映出深绿色。

这时她突然抬起头,像个受了惊吓的孩子般说:"你好。"

波洛俯首亲吻了她的手。

乔治爵士继续介绍说:

"这是马斯特顿太太。"

马斯特顿太太很高大,让波洛隐隐约约想起了侦探猎犬。她长着一副十分突出的下巴,一双圆溜溜充血的大眼睛,里面透着悲伤。

她回礼鞠躬后,用低沉的声音继续着她刚才的谈话,那声音令波洛再度想起了猎犬的狂吠声。

"对茶棚子的愚蠢的争执得解决一下,吉姆。"她的话很有分量,"她们不能这么不明事理。我们不能因为这些没见过世面的蠢女人的争论破坏了整个场面的气氛。"

"噢,的确。"和她说话的男人说。

"这是沃伯顿上尉。"乔治爵士说。

沃伯顿上尉穿着一件格子运动外套,长相似马非马,脸上挂着残忍狡诈的微笑,龇出满口白牙,继续对马斯特顿太太说:

"你不用操心,我会解决好的,"他说,"我这就去好好教训她们。算命棚子呢?搭建在木兰树旁的空地上,还是在杜鹃花丛旁边的草坪上?"

乔治爵士继续介绍说:

"这是莱格先生和太太。"

一个脸被太阳晒得脱皮的高个儿年轻人亲切地咧嘴一笑。他太太脸上有雀斑,是个迷人的红发女郎。她友善地点点头,然后就开始了与马斯特顿太太的舌战,她那悦耳的女高音和马斯特顿太太的吠叫形成了一种二重奏。

"——不要搭建在木兰树旁,那儿太狭窄——"

"——人们不愿挤在一起,但是如果排了长龙——"

"——凉快多了,我是说,大太阳直直地照在别墅上——"

"——而且打椰子游戏场地不能离别墅太近,男孩子掷球的动作是很野蛮的——"

"这位,"乔治爵士说,"是布鲁伊斯小姐。她是我们大家的总管。"

布鲁伊斯小姐座位前面放着一个银制的大茶盘。

她大约四十岁开外,身体偏瘦,看上去是个很能干的女人,举止大方。

"你好,波洛先生,"她说,"我衷心希望你在旅途的火车里不会太挤吧?在这个时节坐火车有时候太可怕了。我来帮你倒杯茶。要加牛奶吗?加糖吗?"

"一点点牛奶,小姐,还有四块糖。"当布鲁伊斯小姐照他的吩咐加牛奶和糖的时候,他又加了一句:"我知道你们都处在最忙的时刻。"

"是的,太对了。总有很多事情需要一分钟内处理完。而时下的人让人失望得出奇。大帐篷、小帐篷、凳子、餐饮设备等等等等,都得照顾到,哪一方面都不能出差错。我大半个上午都在忙着用电话联系。"

"这些木桩呢,阿曼达?"乔治爵士问,"还有这些多出来的高尔夫球推杆呢?"

"那些都安排妥了,乔治爵士。高尔夫俱乐部的本森先生非常好心帮了忙。"

她把茶杯端给了波洛。

"来块三明治吗,波洛先生?那些是番茄的,这些是肉酱的。还是,"布鲁伊斯小姐想起了给他的茶里加了四块糖,说,"你喜欢来一块奶油蛋糕?"

相比之下,波洛还是更喜欢奶油蛋糕,就自己动手拿了一块特别甜的。

然后,他小心翼翼地端着茶碟,走到女主人身边坐了下来。她仍在对着灯光把玩中指上的宝石,抬起头来对他露出了孩子般满意的微笑。

"你看,"她说,"漂亮吧?"

他刚才一直在端详她。她戴着一顶深紫红色的麦秸秆编制的大檐儿帽。帽子底下,她那死人般惨白的皮肤衬托出微红的脸。她化着浓浓的异国妆。死白的皮肤没有任何光泽,粉红色的口红,眼睛上涂了一层厚厚的睫毛膏,黑色的头发从帽子下面露出来,很光滑,像一顶天鹅绒帽子般服帖,脸上露出一种非英国式的怠惰的美。她本来是一个属于热带阳光下的人,但不知怎么就被困在了一个英国人家的客厅里。然而,她的那双眼睛令波洛感到吃惊。那像是一双孩子的眼睛,空洞地凝视着前方。

她问话的语气像是孩子在说悄悄话,而波洛的回答也像是对一个孩子。

"是一枚非常可爱的戒指。"他说。

她显得很高兴。

"是乔治昨天送给我的。"她说,声音压得很低,仿佛她在跟他分享一个秘密,"他送给我很多东西,他非常好。"

波洛再次低头看了看那枚戒指,又看了看她伸出来放在沙发扶手上的那只手。她指甲很长,染着深褐色的指甲油。

他脑海中闪出一句谚语:"她们不耕田,不织布……"

他确实无法想象斯塔布斯夫人耕田或织布,然而,又不可能把她描述成田地里的百合花。她更像是一种非自然的产物。

"你这个房间非常漂亮,夫人。"他用赞赏的目光打量着四周说。

"我想是吧。"斯塔布斯夫人含糊地说。

她的注意力仍在她的戒指上,她的头偏向一侧,望着手移动时戒指发出的绿色光芒。

她神秘兮兮地耳语道:"你知道吗?它在对我眨眼睛。"

她突然笑出声来,这让波洛感到愕然,她不是小声笑,而是不加控制地大笑。

乔治爵士在房间的另一头叫道:"海蒂。"

他的声音很和蔼,不过带着轻微的告诫。斯塔布斯夫人止住了笑声。

波洛若无其事地说:"德文郡是个非常可爱的郡,你不这样认为吗?"

"白天的时候很好,"斯塔布斯夫人说,"不下雨的时候。"她有些悲伤地加了一句,"可是连一家夜总会都没有。"

"啊,我明白,你喜欢夜总会?"

"哦,是的。"斯塔布斯夫人热诚地说。

"你为什么那么喜欢夜总会呢?"

"夜总会上有音乐,还可以跳舞,我可以穿上我最好的衣服,戴上我最好的手镯和戒指,而其他的女人虽然也都穿上好看的衣服,戴上好看的珠宝,但谁都赶不上我的好看。"

她巨大的满足感写在了脸上,波洛感到一阵怜悯心疼。

"而那一切让你感到非常开心?"

"是的,我也喜欢赌场,为什么英格兰就没有赌场呢?"

"我也感到奇怪,"波洛叹了一口气说,"我认为赌场和英国人的个性不配。"

她有些不解地看着波洛,然后轻轻向前倾了下身子说:

"有一次我在蒙特卡洛赢了六万法郎,我押在数字二十七上,结果赢了。"

"那一定非常刺激,夫人。"

"哦,非常刺激。通常乔治给我钱去玩,可是我每次都输掉。"

她显得有些闷闷不乐。

"那可太不幸了。"

"哦,其实无所谓,乔治有的是钱,有钱真是好,你不这么认为吗?"

"非常好。"波洛和气地说。

"如果我没有钱,或许我会看起来像阿曼达一样。"她的目光移向坐在茶桌旁的布鲁伊斯小姐,冷静地凝视着她,"她长得非常丑,你不觉得吗?"

这时,布鲁伊斯小姐正好抬头向他们看过来。斯塔布斯夫人讲话的声音并不大,不过波洛怀疑阿曼达·布鲁伊斯小姐也许已经听到了。

当他收回视线时,他的目光正好和沃伯顿上尉的相遇。上尉的眼神中闪着讽刺与顽皮。

波洛马上改变了话题。

"是不是最近一直忙着准备这次游园会?"他问道。

海蒂·斯塔布斯摇了摇头。

"哦,没有,我认为这些安排很乏味,很愚蠢。有那么多的仆人和园丁，干吗不让他们去准备？"

"噢，天哪。"讲话的是弗里亚特太太。不知她什么时候已经过来坐在附近的沙发上了。"那些是你在岛上庄园里耳濡目染的观念。但是现在英格兰的生活可不是那个样子。我真希望是那样。"她叹了口气，"时下几乎所有的事情都得自己动手。"

斯塔布斯夫人耸了耸肩。

"我认为这么做很愚蠢。如果什么事情都得自己动手，那么有钱还有什么意义？"

"有人觉得自己动手更有趣。"弗里亚特太太微笑着对她说，"我就这么认为，当然不是所有的事情，我是说有些事情。我自己就很喜欢园艺，而且我喜欢为像明天这样的游园活动做准备工作。"

"会像是个大型聚会吗？"斯塔布斯夫人满怀希望地问道。

"就像是个大型聚会，要来很多很多人。"

"会像是阿斯科特赛马会吗？每个人都戴着大帽子，打扮得很时髦？"

"呃，和阿斯科特赛马会还不一样。"弗里亚特太太说。她接着又很温和地加了一句："但你得学会慢慢欣赏乡下的东西。海蒂，今天上午你本该来帮帮我们，可你赖着不起床，都该喝下午茶了才起床。"

"我头疼。"海蒂闷闷不乐地说。紧接着她便来了个一百八十度的大转弯，温情地对弗里亚特太太笑着说：

"不过我明天就好了，我会照你的吩咐做。"

"你真招人喜欢，亲爱的。"

"我刚刚拿到一件新衣服。是上午才送来的，跟我上楼去看看吧。"

弗里亚特太太犹豫了一下。斯塔布斯夫人站起身来,恳求道:

"你一定要来看看,求求你了,是一件非常可爱的衣服,来吧!"

"哦,好吧。"弗里亚特太太似笑非笑地站起身来。

她走出房间时,矮小的身子跟在海蒂高高的身子后面。波洛惊奇地发现她脸上的微笑已被厌倦的神色取代。仿佛忽然松懈下来,不再警觉,不再费心保持社交的假面具。然而,似乎不仅仅是那样。或许她是在遭受什么疾病的折磨,但又不想对外说,很多女人都是这样的。他想,她不是个喜欢博取别人可怜或同情的人。

沃伯顿上尉落座在海蒂·斯塔布斯刚刚空出来的扶手沙发里。他也在看着那两个女人刚通过的那道门,但是他谈论的不是那个年纪较大的女人。他微微咧咧嘴,懒洋洋地说:

"长得太美了,是不是?"他用余光看见乔治爵士在马斯特顿太太和奥利弗夫人的陪同之下从一道法国式落地门窗走了出去。"对老乔治·斯塔布斯我太服气了,对她来说,给她任何东西都不过分!珠宝、貂皮大衣等等。我不晓得他究竟知不知道她智力有点问题。或许他认为这无所谓。毕竟,这些有钱的花花公子并不需要有智慧的伴侣。"

"她是哪里人?"波洛好奇地问。

"看起来像是南美洲人,我一直这么认为。不过我相信她来自西印度群岛。那些出产蔗糖、甜酒那类东西的某个岛屿。那里的老家族之一——我指的是在当地出生的法国或西班牙人的后裔,不是混血儿。我认为,在这些岛上人们都是近亲通婚。这是她智力低下的原因。"

年轻的莱格太太走过来加入了他们。

"听我说,吉姆,"她说,"你得站在我这边,那个棚子得搭建在我们大家决定的地方——在草坪的那一头,在杜鹃花丛的后面,那儿是唯一可行的地方。"

"可是马斯特顿太太不这样认为。"

"呃,那你得去说服她。"

他对她露出了狡猾的微笑。

"马斯特顿太太是我的老板。"

"威尔弗雷德·马斯特顿才是你的老板,他是国会议员。"

"我敢说,她就是。她是家里的老大——我清楚得很。"

乔治爵士从落地窗门外走了进来。

"噢,你在这里呀,莎莉。"他说,"我们需要你,你不会想到吧,大家竟然会为了一些鸡毛蒜皮的小事大为恼火,像什么面包上的奶油应该由谁来涂,蛋糕应该由谁来提供,还有,摆放蔬菜水果的位置为什么给挤占了,弄得那些精心挑选的毛制品都没地方放了。艾米·弗里亚特到哪里去了?她能对付这些人——差不多是唯一能对付他们的人。"

"她跟海蒂上楼去了。"

"哦,是吗?——"

乔治爵士无助地环顾了一下四周,布鲁伊斯小姐本来正坐在那儿忙着写门票,这时突然站起来说:"我帮你去叫她,乔治爵士。"

"谢谢你,阿曼达。"

布鲁伊斯小姐走出门去。

"得再多弄些铁丝网。"乔治爵士喃喃地说道。

"游园会要用的?"

"不，不是。是要架设在林子里，架在我们跟胡塘公园交界的地方。旧的铁丝网生锈烂掉了，他们就是从那儿穿过来的。"

"谁从那儿穿过来的？"

"那些擅自穿越私人宅地的人！"乔治爵士猛然大声说。

莎莉·莱格很开心地说：

"听上去你好像在说贝特西·特洛特伍德正和一群驴子争高低。"

"贝特西·特洛特伍德？贝特西·特洛特伍德是谁？"乔治爵士不加思索地问。

"狄更斯。"

"噢，狄更斯啊。我曾经读过他的《匹克威克外传》。写得不错，的确不错——很让我感到惊讶。不过，说正经的，自从他们开了这家无聊的青年旅舍之后，擅自穿越私人宅地的人就一直是个威胁。他们随时都会出现在你面前，衬衫上的图案简直让人难以置信。好家伙，今天上午就让我碰见一个男孩，衬衫上面都是爬行的乌龟，我还以为我喝醉了或什么的，他们大半不会说英语，只对着你叽里呱啦地……"他模仿道，"'喔，拜托——对了，你有没——告诉我——这路到码头？'我说，不是，不到码头，对他们大声说，叫他们原路返回，可是他们大半只是眨眨眼睛，瞪着你，听不懂。女孩儿们则咯咯地笑起来。各种国籍的都有，意大利的、南斯拉夫的、荷兰的、芬兰的，就算还有爱斯基摩人我也不会感到吃惊。"他生气地说。

"来吧，乔治，"莱格太太说，"我来帮你收拾这些不安分守己的女人。"

她带他跨出法式落地窗门，然后回头喊道："来吧，吉姆，来吧，为了正义而粉身碎骨也在所不惜。"

"好吧，不过既然我们邀请了波洛克先生来颁奖，我想让他多了解一些这次'寻凶'游戏的活动安排。"

"你可以过会儿再跟他说。"

"我会在这里等你。"波洛欣然说。

在接下来的沉默中，亚历克·莱格在椅子里伸了伸懒腰，叹了口气。

"女人啊！"他说，"就像一群蜜蜂。"

他转身向窗外望去。

"他们在干什么？其实不过是一次游园会罢了，对谁都无关紧要的。"

"不过，"波洛指出，"显然对某些人来说很重要。"

"为什么就不能理智一些？为什么不动脑子想一想？想想整个世界乱成什么样子了。难道他们没有意识到住在这地球上的人都在忙着自杀吗？"

波洛不打算回答他对这个问题的判断是正确的，只是怀疑地摇了摇头。

"我们该采取行动做点儿什么，否则就晚了……"亚历克·莱格停了一下。他的脸上掠过气愤的神色。"哦，是的，"他说，"我知道你在想什么。你认为我紧张、神经质——等等等等。就像那些该死的医生一样，要我休息，换个环境，呼吸一下海边的空气。好了，莎莉和我来到这里，租下磨坊茅庐三个月，而我已经按照他们的处方做了。我钓鱼、游泳、散步、日光浴——"

"我注意到了，你已经晒了日光浴。"波洛礼貌地说。

"哦，这个？"亚历克一只手伸向晒得发疼的脸，"这总算是一次英国美好夏日的结果。但到底有什么用呢？你总不能用躲开的方式来逃避现实吧。"

"是啊，逃避没有任何用。"

"而置身于像这样的乡村气息里会让你对事物了解得更加透彻——这些以及这个国家的人令人难以置信的冷漠。甚至聪明如莎莉，也是完全一样。为什么要去操那个心？她就是这么说的。这简直让我发疯！为什么要去操那个心？"

"恕我冒昧问一句，你为什么要操心？"

"天啊，你也一样？"

"不，我这不是忠告，我只是想知道你的答案。"

"难道你不明白吗，总得有人想办法采取行动啊。"

"而那个人就是你？"

"不，不，不是我个人。在这种情况下，不能是哪个'个人'的事儿。"

"我不明白为什么不能。即使如同你所说的'在这种情况下'，一个人仍然是'个人'啊。"

"可是不应该是这样！在面临困境、生死攸关的情况下，人不能只想到自己那些无病呻吟的小事儿或是自己一心要干的事儿。"

"我告诉你，你大错特错了。大战接近尾声时，在一次猛烈的空袭中，我心里想的是我小脚趾上那个鸡眼的疼痛，而不是我对死亡的恐惧。那个时候我对自己的这种想法都感到吃惊。我对自己说：'想想看，死亡随时都可能降临。'可是我仍然能意识到我脚趾上鸡眼的疼痛——真的，在忍受死亡恐惧的同时，我还得忍受鸡眼的疼痛，这使我感到自己受到了伤害。正是因为我可能会死掉，所以生活中的每一件小事儿才变得异常重要。我见过一个女人在街上被撞倒在地，断了一条腿，而她放声大哭的原因不是别的，而是她看见自己的长筒袜上有一条线脱掉抽丝了。"

"这正说明女人是多么傻!"

"不对,这件事说明'人'是什么样子,或者说,正是人们对个人事情的专注才使得人类至今能够在这个地球上幸存。"

亚历克·莱格发出一阵不屑的笑声。

"有时候,"他说,"我倒认为人类幸存下来是一种遗憾。"

"你知道,"波洛坚持说,"这是一种谦卑的形式,而谦卑是可贵的。我记得战时在你们这里的地铁里有一个口号写着:'一切全靠你了。'我想,这句口号是某个圣贤想出来的——不过依我的观点,这是一则危险而令人生厌的教条。因为现实并非如此。一切并非全靠谁。比如说,某某太太,如果她被人误导而真的以为所有的事情都得靠她的话,那么这对她个人没有什么好处。正当她想着自己在世界事务中扮演的角色时,她的小宝宝却把热水瓶给弄倒了。"

"我认为你的观念太老套了。把你的口号说出来听听。"

"我并不需要形成自己的口号,这个国家就有一个更老的口号令我很受用。"

"是什么?"

"'信任上帝,时刻准备着。'"

"哎,哎……"亚历克·莱格似乎觉得好玩,"真的没想到你会这样说,你知道我想看到这个国家做成点儿什么事吗?"

"无疑是一些力度大但令人不快的事。"波洛微笑着说。

亚历克·莱格仍然很严肃。

"我不想看到任何智力低下的人,这样的人都应该消失——全部消失!不要让他们繁衍后代。如果从某一代开始,只允许高智商的人生育后代,想想看那会是怎样的结果。"

"或许精神病院里的病人会大量增加。"波洛冷淡地说,"植物需要根也需要花，何况是人，莱格先生。无论花朵多么大多么美，如果底部的根被毁了，那就不再有花了。"他以聊天的口吻又加了一句，"你会考虑把斯塔布斯太太作为无痛行刑室的候选人吗？"

"是的，会的。像那种女人留着有什么用？她对社会有过什么贡献？她的脑子里除了衣服珠宝之外还想过什么？就像我说的，留着她有什么用？"

"你和我，"波洛温和地说，"确实比斯塔布斯夫人聪明多了。但是，"他有些遗憾地摇了摇头，"恐怕我们都没有她那么能增光添彩，这是事实。"

"增光添彩——"亚历克有些暴躁地哼了一声，但他的话紧接着就被从法式落地窗门进来的奥利弗夫人和沃伯顿上尉打断了。

4

"你必须得来看一眼有关这场'寻凶'游戏的线索和一些东西,波洛先生。"奥利弗夫人气喘吁吁地说。

波洛立马站起身来,跟着他们走了出去。

三人穿过会客厅,走进了一间装修简单的小型商务办公室。

"你左手边是些致命凶器。"沃伯顿上尉用手指着一个打牌用的小桌说,桌上蒙着一块绒布。上面放着一把小手枪,一根血迹斑斑透着邪气的铅管,一个标有'毒药'的蓝色瓶子,一段晒衣绳和一个皮下注射器。

"那些都是凶器,"奥利弗夫人解释道,"这是嫌疑人名单。"

她给了他一张印制的卡片,波洛饶有兴趣地看了起来。

嫌疑人

艾斯特尔·格林尼——一位漂亮且神秘的女人,布伦特上校的客人

布伦特上校——一位当地乡绅,他的女儿琼·布伦特嫁给了皮特·盖伊

皮特·盖伊——一位年轻的原子科学家

威林小姐——女管家

奎伊特——男管家

玛雅·斯塔维斯基——一位年轻的女背包客

埃斯特班·洛约拉——一位不速之客

波洛眨了眨眼，不解地把目光投向奥利弗夫人。

"好庞大的演员阵容啊，"他颇有礼貌地说，"不过，请允许我问一句，夫人，参加游戏比赛的人要做什么？"

"请看卡片背面。"沃伯顿上尉说。

波洛将卡片翻了过来。

另一面印着：

姓名和地址：

解决方案：

凶手姓名：

凶器：

动机：

时间和地点：

得出此结论的理由：

"每个进来的人都会拿到这样一张卡片，"沃伯顿上尉快速解释道，"还有一个笔记本和一支铅笔，用于记录线索。总共有六条线索。你顺着一条线索找到下一条，就好像是在玩寻宝游戏，而凶器藏在一些可疑的地方。这是第一条线索，一张快照。每个人都从这条线索开始。"

波洛从沃伯顿上尉手上接过照片，看着照片皱起了眉头。然后他又把照片倒过来看，但依然迷惑不解。沃伯顿上尉笑出了声。

"这张照片很巧妙，很有欺骗性，是不是？"他很得意地说，"一旦你知道了这是什么，就非常简单了。"

可是波洛并不知道是什么，所以感到极大的困惑。

"是个装了栅栏的窗户？"波洛试探地问。

"我得承认，是有点儿像。但不是，是一块网球场的网子。"

"啊哈。"波洛再一次看了看那张照片，"是的，就像你所说的——告诉你是什么了，你一眼就能看出来！"

"这完全取决于你怎么看。"沃伯顿上尉笑道。

"这是个颇为深刻的道理。"

"第二条线索就放在球网正下方的盒子里。里边放的就是这个空毒药瓶——这儿，还有一个没有塞在瓶子上的木塞。"

"你明白了吧，"奥利弗夫人急切地说，"这是个有螺旋盖的瓶子，所以木塞就是线索。"

"我知道，夫人，你一向构思巧妙，但我确实还没有弄明白——"

奥利弗夫人打断了他。

"哦，当然啦，"她说，"这里面是有故事的。就像在杂志上连载的小说——给你个提纲。"接着她把头转向沃伯顿上尉，问："拿到小册子了吗？"

"印刷商还没印出来。"

"可是他们答应过的！"

"我知道，我知道。每个人都答应得非常好。今晚六点会全部印好。我开车去取。"

"哦，好吧。"

奥利弗夫人深深地叹了口气，转向波洛说：

"看来我得亲口讲给你听了，可是我最不擅长讲故事了。我的意思是说如果让我写，我可以写得很清楚，但如果让我口述，就会让人感觉很混乱。所以我从来不跟任何人讨论我小说的故事情节。我已经学会了不跟别人讲，因为我一讲，他们就会茫然地看着我说：'……哦……是的，但是……我并没有听懂究竟发生了什么……这肯定不能写出一本小说来。'这话太让人泄气了。他们这么说根本不对，因为我就是这么写的，而且已经写成了！"

奥利弗夫人停下来喘了口气接着说：

"好吧，故事是这样的。有个叫皮特·盖伊的，是个年轻的原子科学家，他娶了琼·布伦特这个女孩，他的第一任妻子死了，而实际上她并没有死，而是以一名特务的身份出现，或许不是特务，我的意思是说她可能真的只是个女背包客——他妻子有了外遇，那个人叫洛约拉，他出现后要么与玛雅见面，要么暗中监视她，这时出现了一封勒索信，这封信很可能是女管家写的，也许是男管家写的，一只左轮手枪突然不见了，这封勒索信不知道是寄给谁的，晚餐的时候那支皮下注射器突然出现，接着又不见了……"

奥利弗夫人完全停了下来，她正确地猜到了波洛的反应。

"我知道，"她表示理解地说，"整个故事听起来乱七八糟，但实际上并不是这样——至少在我脑海中不是——等你看过小册子之后就一清二楚了。"

"而且，不管怎么说，"她最后说，"故事其实并不重要，对吗？我是说，故事对你来说并不重要。你只要颁奖就行了。奖品非常精美。第一名的奖品是一个形状像左轮手枪的银质香烟盒，然后再说几句赞美的话，说破案的人如何如何聪明过人等等。"

波洛自己也认为破案的人一定非常聪明，事实上，他很怀疑究竟会不会有人能破案,整个"寻凶"的情节和行动对他来说就像是蒙上了一层无法穿透的迷雾。

"对了,"沃伯顿上尉瞥了一眼他的腕表,兴高采烈地说,"我得去印刷商那儿取东西了。"

奥利弗夫人不高兴地说:

"如果他们还没有印好——"

"哦,他们已经印刷好了,我打电话问过了。再见。"

沃伯顿上尉离开了房间。

奥利弗夫人马上紧抓住波洛的手臂,用沙哑的嗓音小声问道:

"怎么样?"

"什么怎么样?"

"你发现什么没有?或是认出什么人没有?"

波洛带着责备的语气说:

"我觉得每个人、每件事都很正常。"

"正常?"

"对呀,也许我用词不够恰当。就像你所说的,斯塔布斯小姐肯定是有点弱智,莱格先生看上去也有些失常。"

"哦,他问题不大,"奥利弗夫人有些不耐烦地说,"他精神失常过。"

波洛没有对这个看似存疑的措辞发问,而是按照字面意思理解的这句话。

"每个人似乎都处于神经紧张、极度兴奋、浑身疲倦,以及焦躁不安的状态,准备这样的大型游乐会都会这样。只要你能指出——"

"嘘!"奥利弗夫人又再次抓住他的手臂,"有人来了。"

波洛感觉这就像一场闹剧，他的火气正在上升。

布鲁伊斯小姐那张面带微笑的脸出现在了门口。

"噢，原来你在这儿，波洛先生。我正到处找你想带你到房间看看。"

她带波洛上到二楼，穿过走廊来到一个通风良好的大房间，房间面对着河流。

"浴室就在对面。乔治爵士说要增加浴室的数量，但那样就会破坏整个房间的格局。希望你在这儿能住得舒适。"

"哦，会的。"波洛满意地扫了一眼书架、台灯以及床边标有"饼干"的盒子，"在这栋别墅里，所有的东西似乎都布置得十全十美。我是该向你，还是向迷人的女主人表达谢意？"

"斯塔布斯夫人的时间都花在迷人上了。"布鲁伊斯小姐酸溜溜地说。

"一位非常能增光添彩的年轻女性。"波洛感慨地说。

"非常赞同。"

"但是在其他方面她并不一定……"说到这儿他突然停住了，"对不起。我说话太鲁莽了，我不该乱加评论。"

布鲁伊斯小姐沉着地看了他一眼，冷冷地说：

"斯塔布斯夫人很清楚自己在做什么。除了像你说的，是个非常能增光添彩的年轻女性以外，她还是个很精明的女人。"

还没等波洛挑眉表示惊讶，她就转身离开了房间。原来这就是勤奋能干的布鲁伊斯小姐心里所想的。还是说她的这种表述完全是因为她个人原因。可是，她为什么对他说这番话呢——对一个陌生人？也许正因为他是个陌生人？而且也可能是因为他是个外人。经验告诉赫尔克里·波洛，很多英国人都认为和外人说什么都无所谓！

他茫然地皱了皱眉头,漫不经心地盯着刚才布鲁伊斯小姐出去的那道门。然后他缓步朝窗户走去,站在那里望向窗外。这时,他看到斯塔布斯夫人和弗里亚特太太一起朝着木兰树走了过去,边走还边说着什么。接着弗里亚特夫人点头告别,拿着她修剪花园的工具和手套,顺着车道快速离开了。斯塔布斯夫人盯着她的背影看了一会儿,漫不经心地摘了一朵木兰花,拿在手里闻了闻,然后沿着林中的一条通向河边的小径向前走去。向前走的过程中,她回头看了一次,然后就从视线中消失了。这时迈克尔·韦曼突然从木兰树后边出现,犹豫了片刻之后,追随着那个高瘦的背影也消失在了林子里。

他是一个帅气而且富有活力的年轻人,波洛想着。毫无疑问,他比乔治·斯塔布斯爵士有魅力得多……

但即便如此,又能怎么样呢?这种模式在生活中是永恒的:没有任何魅力的有钱的中年丈夫,没有太多智慧的年轻漂亮的妻子,魅力无穷、容易冲动的青年男子。究竟是什么促使奥利弗夫人在电话中给他下命令让他过来?毫无疑问,奥利弗夫人有着丰富的想象力,但是……

"但是,"赫尔克里·波洛自言自语道,"我毕竟不是个捉奸顾问——也不打算做。"

难道真的会像奥利弗夫人所说的那样有什么地方不对劲儿?奥利弗夫人属于典型的头脑糊涂的女人,但她又是怎样构思出如此完整又精彩的侦探故事的呢?这是波洛先生无法理解的。然而,尽管奥利弗夫人头脑混乱,但她总是会突然悟出真相这件事还是令他很吃惊。

"时间很有限——有限,"他自言自语道,"难道真的有什么不对劲儿的地方,就像奥利弗夫人所想得那样?我也认为确实如此。但究竟是哪里不对劲儿呢？谁能启发启发我呢？关于这个屋子里所有人的信息，我需要了解得多一些，更多一些。谁能给我提供些信息呢？"

沉思片刻之后，波洛抓过帽子（波洛从来不会不戴帽子在晚上出门），急匆匆地走出房间，冲下楼梯。他远远就听到马斯特顿太太那发号施令般低沉的吠叫声。走近之后，乔治爵士暧昧的声音也渐渐传来。

"你怎么这么迷人，真希望你是我的，莎莉。我明天会过来和你一起把命好好算算。你还有什么要跟我说的，嗯？"

传来一阵轻轻的扭打声，莎莉·莱格气喘吁吁地说：

"乔治，别这样。"

波洛皱了皱眉，从旁边的便门悄悄溜了出去。波洛沿着一条便道按照自己的判断迅速朝着他认为会在前面与房前的车道会合的地方走去。

他的这个决定很成功——略微有些上气不接下气——所以很快就走到了弗里亚特夫人身旁，绅士般地要替她拿修剪花园的工具篮。

"我来吧，夫人？"

"噢，谢谢你，波洛先生，你可真是太好了。但这个并不重。"

"请让我帮你拿回家吧。你住在这附近吗？"

"实际上我住在正门那儿的门房里。乔治爵士非常好心地把它租给了我。"

住在自家正门的门房里……她究竟是什么感受，波洛感到无比好奇。但弗里亚特夫人看起来很沉着，让波洛觉察不到任何线索。他换了个话题说：

"斯塔布斯夫人看起来要比乔治爵士年轻很多，是吧？"

"小他二十三岁。"

"她长相非常迷人。"

弗里亚特夫人平静地说：

"海蒂是个难得的好孩子。"

这并不是波洛期待的答案。弗里亚特太太接着说：

"我对她很了解，你知道，有一段时间她是由我来照顾的。"

"之前我不知道。"

"怎么说呢，那是一段让人伤心的故事。她的家人在西印度群岛有产业，是制糖业。在一次地震中，她家所有的房子都起火烧毁了。她的父母、兄弟、姐妹全都在地震中丧生。海蒂当时正住在巴黎的一所修道院里，就这样突然失去了所有的亲人。遗嘱执行人说海蒂已经好长一段时间不在国内，建议找人陪伴并引导她步入社会。我接受了照顾她的责任。"弗里亚特太太脸上露出一丝淡淡的微笑，她接着说："必要的时候我会把自己打扮得漂漂亮亮的，当然了，我也有一些社会关系——事实上，已故的郡长跟我们是非常亲密的朋友。"

"那是自然的，夫人，这些我懂。"

"照顾她很适合我——那时我正经历一段困难时期。我的丈夫在战争爆发前就去世了。大儿子在海军服役，和军舰一起沉入了大海。小儿子从肯尼亚回来后加入了突击队，最后在意大利丢了性命。这就意味着我要交三次遗产税，所以这栋别墅不得不被拍卖出售。我自己当时非常糟糕，所以很高兴有个孩子让我照顾，一起出去跑一跑，这样可以分散一些注意力。我很爱海蒂，说不定不仅是爱，因为我很快发现她，该怎么说呢，她还没有能力自己把自己保护好？你明白我的意思吗，波洛先生，海蒂的智力并没有问题，她只是乡下人所谓的'天真'罢了。她很容易受别人哄骗，过于温顺，一点儿主见都没有，别人说什么她都听。我自己认为她家里人没有给她留下任何财产倒是一件好事儿，因为她如果继承了家业可能会给她带来更多的麻烦。她对男人特别有吸引力，而且生性多情，非常容易受别人影响——她确实需要有人在她身边照顾她。她父母的财产清算之后发现，种植园已经被严重破坏，资不抵债。我只能说非常感谢乔治·斯塔布斯爵士爱上了她，并且想要娶她。"

"有可能……是的……这是个办法。"

"乔治爵士，"弗里亚特太太接着说，"尽管是一个白手起家的男人——我们得面对现实——就是一个不折不扣的暴发户，但为人善良，做人体面，而且很有钱。我想他永远都不会要求妻子跟他有精神上的契合，这就更好了。海蒂就是乔治爵士想得到的一切，服装和珠宝只要穿戴在她身上，就是十全十美，她是一个容易感动、简单随性的孩子，和乔治爵士在一起海蒂会很幸福的。坦白地说看到他们两情相悦我真的是很庆幸，我得承认我确实故意引着海蒂去接受乔治爵士。如果最终两个人生活得并不幸福——"她声音似乎有些哽咽，"那都是我的错，是我鼓动她嫁给一个比她大那么多的男人。你看，我说得没错吧，海蒂很容易受别人影响。谁跟她在一起都能够掌控她。"

"在我看来，"波洛赞许地说，"是你为她安排了这么一桩明智的婚姻。我和传统的英国人不一样，没有那么多的浪漫细胞。但我知道要想成就一桩美满的婚姻，需要的不仅仅是浪漫。"

他接着补充说：

"至于这个地方，纳斯庄园，的确非常美。正如俗话所说，这里是世外桃源。"

"当时纳斯庄园被迫出售，"弗里亚特太太声音有些颤抖，

"我很高兴乔治爵士能够把它买下来。这栋别墅战时被军方征用，战争过后就可能被他人买去用作宾馆或是学校，房间被重新进行了隔断，破坏了它原有的自然美。我们的邻居——住在胡塘庄园的弗莱彻一家——也是不得不卖掉自己的宅子，现在那儿变成了一个青年旅舍。年轻人应该有个娱乐场所。幸运的是，胡塘庄园属于维多利亚时代晚期建筑，没有太大的建筑价值，所以把它改成旅舍没什么关系。恐怕那些年轻人会在私人宅地上随意穿来穿去，这让乔治爵士非常生气。确实，他们偶尔会砍掉围栏边的珍稀灌木穿过来，这是去河边码头的近道。"

他们边说边走到了前门。那是一间面积不大的白色木屋，只有一层，离车道有一小段距离。屋前的花园用低矮的围栏围着。

弗里亚特太太从波洛手中接过篮子，向他表示感谢。

"我一直都很喜欢这个屋子，"她边说边满怀深情地看着房子，"默德尔是我们的主管园丁，已经在这里工作了三十年，过去就住在这里。跟上面那间比，我更喜欢这一间，尽管乔治爵士把那间房内部进行了现代化装修。这是必须的，因为我们雇了一位年轻人作为主管园丁，他有位年轻的太太——而现在的年轻妇女都要使用电熨斗、现代化炊具、电视等家用电器。必须得跟上时代的发展啊……"她叹了口气，"以前住在这儿的人几乎都离开了，现在看到的都是一张张生面孔。"

"我很替你高兴，夫人，"波洛说，"你至少找到了一个属于自己的避风港。"

"你听过斯宾塞①的那首诗吗？'劳累后的睡眠，暴风后的港

---

①埃德蒙·斯宾塞（Edmund Spenser，1552—1599），英国文艺复兴时期的伟大诗人。

湾,战乱后的安定,生命后的长眠,这是最大的快乐……'"①

她停顿了一下,又用同样的语气说:"这是一个非常邪恶的世界,波洛先生。世界上有非常邪恶的人。这一点也许你和我一样清楚,这些话我不会说给年轻人听,因为可能会让他们感到气馁,但这就是现实……是的,这是一个邪恶的世界……"

弗里亚特夫人向波洛点了点头,然后转身进了门房。波洛站在那里一动不动,凝视着那扇紧闭的房门。

---

① 来自埃德蒙·斯宾塞的长诗《仙后》第一卷第九章第四十节。《仙后》写的是亚瑟王的丰功伟业,讴歌的是仙后格洛莉亚娜的美德。

5

带着一种探查周围环境的心境，波洛穿过前门，顺着蜿蜒陡峭的大道朝前走去，很快来到一个小码头。码头上用一条铁链子吊挂着一个大铃，铃上写着："摆渡请摇铃。"放眼望去，码头上停泊着各式各样大大小小的船只，其中一个系船柱上倚靠着一个眼睛沾满眼屎的老头，他看到波洛后便拖着脚步走了过来。

"您需要摆渡吗，先生？"

"谢谢你，不需要。我只是从纳斯庄园出来散步的。"

"哦，您在纳斯庄园住吗？我小的时候在那里干过活儿。后来我儿子成了那儿的主管园丁。以前我负责照看船只。已过世的老乡绅弗里亚特那个时候对船非常着迷，什么样的天气都阻挡不了他出海的欲望。他儿子，现在是个陆军少校，对这个一点儿也不感兴趣，马，他的眼里只有马。可不幸的是，马让他背上了一屁股债，赌赛马，还喝酒——他的妻子跟着他可受苦了。你已经见过弗里亚特太太了吧，也许——她现在就住在门房里。"

"是的，我刚刚从她那里过来。"

"她也是弗里亚特家族的人，来自蒂弗顿的远房亲戚。她对园艺很在行，所有那些花草树木都是她侍弄的。即便是在战时被征用，两位年轻人去参战，她仍然没有停止照看那些花草树木，免得被人践踏。"

"她可真够苦的,两个儿子都丧了命。"

"是的,她吃过很多苦,一个接着一个的不幸。丈夫带来的烦恼,两个儿子带来的苦恼……亨利没有给她惹麻烦,他很优秀,和祖父一样,喜欢航海,所以加入了海军作为终生事业,而詹姆斯则净惹麻烦。除了债务和女人以外,詹姆斯还是个暴脾气。他压根儿就不是什么会走正道的人。不过,战争很适合他,就像你说的——战争给他带来了机会。哎!有很多人和平年代不走正道,但到了战场上却浴血奋战,英勇牺牲。"

"所以现在,"波洛说,"纳斯庄园里就再没有姓弗里亚特的人了。"

老头儿滔滔不绝的话语戛然而止。

"正如你所说得那样,先生。"

波洛好奇地看着老头。

"现在是乔治·斯塔布斯爵士住在这里。这儿的人觉得这个人怎么样?"

"我们都知道,"老头说,"他有钱有势。"

他的语气里没有任何感情色彩,甚至有点儿滑稽。

"他的妻子呢?"

"呃,她是个好人,从伦敦来的,是的。对花草一窍不通,她不懂。人们都说,她这里好像少了点什么。"

老头抬手在自己的太阳穴上意味深长地敲了敲。

"人们对她评价都很好,很友善。他们搬到这儿也就一年。买下了这个地方,整个儿翻新了一遍。他们搬来的那天我记得很清楚,晚上才到的,是刮大风的第二天。那天很多树都被风吹得东倒西歪,有一棵树倒在了车道上,我们急急忙忙地把它锯断搬开,让车辆通行。还有一棵特别粗壮高大的橡树被大风刮倒了,把下面的树压倒了一大片，一团糟。"

"哦，听说过，就是那个荒唐的建筑那儿吧？"

老头把头转向一边，狠狠地呸了一口。

"荒唐，都说它荒唐——真是荒唐无比。从前弗里亚特一家在这里住的时候根本就没有过这种怪东西。那是夫人的主意，他们来这儿还不到三周就建了这个东西，我敢打赌肯定是她说服乔治爵士建的。那个东西不伦不类地立在那片林地里真是滑稽可笑，像个异教徒的庙堂。现在又建了一个很好看的凉亭，带有乡土气息，镶的都是彩色玻璃。这我没什么可反对的。"

波洛似有若无地笑了笑。

"那些伦敦来的小姐们，"他说，"她们一定有自己喜欢的东西。真令人难过，弗里亚特的时代已经过去了。"

"您可别相信那种话，先生。"老头咯咯地笑了一声，"纳斯庄园永远是弗里亚特的。"

"可是庄园现在已经属于乔治·斯塔布斯爵士了。"

"看起来似乎是这样——但现在仍然有弗里亚特家的人在。啊哈！弗里亚特家的人可是绝顶精明的！"

"你这么说是什么意思？"

老头儿斜着眼狡猾地看了他一眼。

"弗里亚特太太现在就住在门房里，不是吗？"他反问道。

"是的，"波洛慢吞吞地说，"弗里亚特太太现在就住在门房里，而且整个世界都很邪恶，所有生活在世界上的人都很邪恶。"

老头儿睁大眼睛看着他。

"哦，"他说，"你说得对，也许。"

他拖着双脚走开了。

"可是，我说得对，对在哪里呢？"波洛一边爬坡往回走，一边有些烦躁地自言自语着。

赫尔克里·波洛仔仔细细地洗漱打扮了一番,往胡子上抹了些带香气的胡须膏,然后捻成气势汹汹的两撇。他往后退了两步,看着镜子里的自己,感到很满意。

一阵锣声在房中回荡,他走下楼去。

刚刚完成最具艺术性表演的男管家——锣声从弱到强,再从强到弱——正在把敲锣的木棒挂回到墙上。他那张忧郁黝黑的脸上露出愉快的神色。

波洛心想:"一封勒索信,可能是女管家写的,也许是男管家写的……"这个男管家看上去是个有能力写出这种信的人。波洛在想奥利弗夫人书中的人物都是源自生活吧。

布鲁伊斯小姐穿着一件不太合体的雪纺碎花连衣裙正穿过大厅,波洛紧走几步赶上她,问道:

"你们这里有女管家吗?"

"哦,没有,波洛先生。恐怕现在的人都不那么注重细节,当然了,有些大户人家还是有管家的。哦,也不对,我就算是一个——有时候我干的活更像个女管家,不像秘书。"

她酸溜溜地笑了一下。

"这么说你就是女管家了?"波洛若有所思地审视着她。

他想象不出来布鲁伊斯小姐能写那种敲诈信。如果是封匿名信,那就不一样了。他以前见过类似布鲁伊斯小姐这样的女人写的匿名信,做事周密可靠,完全不会受到周围人的怀疑。

"男管家叫什么名字?"他问道。

"亨登。"布鲁伊斯小姐看起来有些惊讶。

波洛镇定了一下，很快地解释道：

"我总觉得之前在什么地方见过他。"

"很有可能啊，"布鲁伊斯小姐说，"这些人从来没有在一个地方待超过四个月的。他们很快就把全英国能找到的工作机会都尝试一遍。毕竟，现在能雇得起男管家和厨师的家庭不是很多。"

他们来到客厅，乔治爵士正穿着晚礼服端着雪利酒为大家服务，但表情看上去很不自然。奥利弗夫人穿着铁灰色的绸缎裙，整个人像是一艘废弃的战舰。斯塔布斯夫人披着一头柔顺黑亮的秀发，正低着头研究《服饰与美容》①杂志里的流行服饰呢。

亚历克和莎莉·莱格以及吉姆·沃伯顿正在用餐。

"今天晚上我们要有繁重的任务，"他提醒大家说，"今天不玩桥牌，大家都得忙起来。我们要印制大批量的宣传海报，还有那张算命用的大卡片。取个什么名字好呢？朱莱卡夫人？艾丝美拉达？还是叫罗马尼·雷，吉卜赛女王？"

"要取个带有东方味道的名字，"莎莉说，"农业地区的人都讨厌吉卜赛人。朱莱卡听着还不错。我把我的颜料盒带来了，我想请迈克尔帮我们画一条卷曲的蛇，装饰一下宣传海报。"

"克利奥帕特拉或许比朱莱卡更好，是不是？"

亨登出现在门口。

"晚餐已备好，夫人。"

他们走进餐厅，长桌上摆放着蜡烛，餐厅里到处是影子。

沃伯顿和亚历克·莱格分别坐在女主人的两侧。波洛坐在奥利弗夫人和布鲁伊斯小姐中间。布鲁伊斯小姐正在欢快地谈论着明天活动准备工作的一些细节。

---

① 即《VOGUE》，创刊于一八九二年，被公认为全世界最领先的时尚杂志。

奥利弗夫人看起来有些心不在焉，闷闷的没怎么说话。

当她终于开口时，说的话却有些前后矛盾。

"请大家不用管我，"她对波洛说道，"我是在想我是否忘了什么。"

这引得乔治爵士哈哈大笑起来。

"致命的缺点，是吧？"他说。

"您说得太对了，"奥利弗夫人说，"总是会有致命的缺点，有时候书都出版了才发现。那才叫痛苦呢！"她的脸上也露出了痛苦状，接着叹了口气说："奇怪的是大部分读者并没有注意到。我对自己说：'可是厨师肯定会发现还有两块肉排没有人吃。'但其他人谁都没有发现。"

"你可把我给迷住了。"迈克尔·韦曼向前倾着身子说，"第二块肉排的秘密。拜托，拜托请先不要解释。泡澡的时候我会好好琢磨琢磨。"

奥利弗夫人对他心不在焉地笑了笑，然后又回到之前的冥想状态。

斯塔布斯夫人也沉默无语，不时地会打个哈欠。沃伯顿、亚历克·莱格和布鲁伊斯小姐三个人在隔着她聊天。

当他们走出餐厅时，斯塔布斯夫人在楼梯口停了下来。

"我要去睡觉了，"她向大家说道，"我实在很困。"

"啊！斯塔布斯夫人，"布鲁伊斯小姐惊叹道，"还有很多活儿要干呢，我们还指望你帮忙呢。"

"是的，我知道，"斯塔布斯夫人说，"但我得去休息了。"

语气里带着小孩子的满足感。

当乔治爵士从餐厅出来时，她把头转向了他。

"我太累了，乔治。我想去睡觉，你不介意吧？"

他朝她走过来,深情地拍了拍她的肩膀。

"去吧,睡个美容觉,海蒂。睡好了明天精神饱满。"

他轻吻了她一下,之后海蒂便向楼上走去,边挥手边说:"晚安,各位。"

乔治爵士抬头对她微笑着。布鲁伊斯小姐猛地吸了一大口气,愤怒地转身离开了。

"来吧,各位,"她用一种强装出来的欢快声音说,"我们该干活了。"

大家立刻各自干了起来。由于布鲁伊斯小姐分身乏术,很快就有人脚底抹油开溜了。迈克尔·韦曼在宣传海报上画了一条凶狠的长蛇,并配上如下文字:朱莱卡夫人给你算命。紧接着他就不声不响地消失了。亚历克·莱格随便干了点儿活,然后就大摇大摆地离开了,说是要去测量一下套环游戏的距离,然后就再没有出现。女人就是女人,一个个埋头苦干,且干劲儿十足。赫尔克里·波洛则把女主人当成了榜样,也早早上床休息去了。

第二天上午九点半,波洛下楼用早餐。早餐是按照战前的式样准备的。一排热气腾腾的热菜放在电加热器上保着温。乔治爵士吃了一大份英式早餐,包括炒蛋、培根以及腰子。奥利弗夫人和布鲁伊斯小姐也吃了大致相同的早餐。迈克尔·韦曼吃了一整盘的冷火腿。只有斯塔布斯夫人对肉类不感兴趣,只啃了一片薄薄的吐司,啜饮了一杯没有加牛奶的咖啡。她戴着一个大号的淡粉色帽子,在餐桌上显得有些格格不入。

邮件刚刚送来。一大摞信件摆在布鲁伊斯小姐面前,她正迅速地按人分拣。所有标记着乔治爵士"亲启"的邮件她都直接递给了他。其余的她则一一打开，然后整理归类。

斯塔布斯夫人有三封邮件。她打开了显然是装有账单的两封信，然后把它们扔在了一边。在打开第三封时，她突然清晰地惊叫了一声：

"啊！"

她的惊叫声吸引了所有人的注意力。

"是艾迪安寄来的信，"她说，"我的表哥艾迪安。他要乘游艇过来。"

"让我看看，海蒂。"乔治爵士把手伸了过去。她把信从桌子那一头传了过来。乔治爵士把信展开看了内容。

"这个艾迪安·德索萨是谁？你说是你的表哥？"

"是的，二表哥。我不记得他了，一点儿都想不起来了。他是——"

"是什么，亲爱的？"

她耸了耸肩。

"没关系。很久以前的事情了。那个时候我还很小。"

"我猜你可能不太记得他了。但是我们必须得热烈欢迎他的到来啊，"乔治兴高采烈地说，"可惜啊，今天是游园会，不过我们会邀请他共进晚餐。也许我们还能留他住上一两个晚上，带他看看这乡下的风景？"

乔治爵士现在就是一个热心肠的乡绅。

斯塔布斯夫人什么都没说，只是盯着手上的咖啡杯。

大家的话题不可避免地转到了游园会上。只有波洛保持超然，看着长桌尽头主位上那苗条且具有异国情调的身影。他想知道斯塔布斯夫人的脑子里究竟在想些什么。就在这时，她的眼睛突然抬了一下，朝着波洛所坐的位置扫了一眼。眼睛里透着精明，像是在对他进行评价，波洛吓了一跳。就在两人目光交汇的一刹那，精明的眼光突然消失——又恢复到了原来的空洞。但另外一种眼神还在，冷静、算计、警惕……

难道都是他想象出来的？不管怎样，那些智力有问题的人经常会有一种让最了解他的人也大吃一惊的天生的精明，不是吗？

波洛心想斯塔布斯夫人确实是一位神秘人物。人们对她的看法似乎完全相反。布鲁伊斯小姐之前曾暗示过，斯塔布斯夫人很清楚自己的所作所为。然而，奥利弗夫人却十分肯定她有些愚钝，曾经长时间形影不离地照顾她的弗里亚特夫人也认为，斯塔布斯夫人不是很正常，需要有人照看。

说不定是人们对布鲁伊斯小姐有成见。她很讨厌斯塔布斯夫人的懒散和冷漠。波洛在猜想乔治爵士结婚前布鲁伊斯小姐是否是他的秘书。如果是的话，她自然会对未来的女主人心怀怨恨。

按照这种推断，波洛自己也会完全同意弗里亚特夫人和奥利弗夫人的说法——但今天上午他改变了自己的看法。但毕竟，那只是一闪即逝的印象，能靠得住吗？

斯塔布斯夫人突然从餐桌上站起身来。

"我有些头痛，"她说，"得回房间去躺一会儿。"

乔治爵士焦急地站了起来。

"亲爱的，你怎么啦，你没事儿吧？"

"没事儿，就是有点头痛。"

"到下午就好了，是吧？"

"嗯，我想会的。"

"服些阿司匹林吧，斯塔布斯夫人，"布鲁伊斯小姐反应很敏捷，"你带了吗？我去给你拿一些？"

"我带了。"

她朝门口走去。刚走了两步，刚才一直攥在手里的手绢掉在了地上。波洛迅速向前两步，悄无声息地捡了起来，没人注意到他的动作。

乔治爵士刚要跟随夫人朝外走，就被布鲁伊斯小姐拦住了。

"下午停车那件事儿，乔治爵士，我马上去告诉米歇尔该怎么做。您认为最佳的方案应该是，正如你之前说得那样——？"

波洛走出了餐厅，后面的话没有听到。

他紧走几步，在楼梯处赶上了斯塔布斯夫人。

"夫人，您把这个掉地上了。"

他鞠了一个躬，把手绢递了过去。

斯塔布斯夫人漫不经心地接过了手绢。

"是吗？谢谢。"

"看到您身体不适，我心里很难过，夫人，尤其是在你表哥要来的这个时候。"

她的反应非常激烈。"我不想见艾迪安，我不喜欢他，他很坏，总是很坏。我很怕他。他一贯做坏事。"

餐厅的门打开了，乔治爵士走出餐厅，上了楼梯。

"海蒂，我的小可怜儿。我来帮你上床盖被子。"

两人一起向楼上走去，乔治的胳膊轻轻地搂在她的腰上，他的表情有些紧张，好像有什么心事。

波洛仰头看了看他们，然后转身下楼，正碰上布鲁伊斯小姐急急忙忙往下走，手里拿着一摞文件。

"斯塔布斯夫人头痛——"他开口道。

"她头痛个鬼。"布鲁伊斯小姐怒气冲冲地说，然后转身进了办公室，并随手关上了门。

波洛叹了口气，穿过前门朝露台走去。马斯特顿太太恰好刚刚开着小汽车过来,正在那里指挥着搭建茶棚,声嘶力竭地狂吠着下达命令。

她转身向波洛打了声招呼。

"这些事情真是太烦人了,"她说,"他们总不能把东西放在应该放的位置。不对,罗杰斯!再往左一些——左——不是右!你看这天气会怎么样,波洛先生?我感觉要变天啊。如果下雨的话,我们的活动安排可就全都给打乱了。今年夏天的天气多好啊,这可不多见。乔治爵士在哪儿?我得告诉他停车怎么安排。"

"他太太头痛,去躺下休息了。"

"她今天下午就会好起来的,"马斯特顿太太胸有成竹地说,"你知道,她喜欢这种大型的聚会。她会打扮得很漂亮,高兴得像个孩子。你能帮我把那边的那些桩子拿过来吗?我得把钟面式高尔夫球①游戏的比赛场地标出来。"

就这样,波洛也被安排成了一名工作人员,被马斯特顿太太毫不留情地使唤着,就像个有用的学徒工。在他忙里偷闲时,马斯特顿太太就会屈尊就驾地跟他聊上几句:

"我发现所有的事情你都得亲自做。只有这样……顺便问一句,你是艾略特的朋友,对吧?"

已经在英国居住了很久的波洛,听出来了她的意思,这是在社交上对他的一种认可。马斯特顿太太实际上是在说:"尽管你不是英国人,但我认为你是我们中的一员。"然后又很亲切地说:

"很高兴纳斯庄园再度有人居住,我们都怕它会变成旅舍。你知道如今的现状;人们开车穿过乡村的时候,到处都能看到招牌上写着'客房',或者'家庭旅舍',或者'项目齐全AA级旅

---

① 这是一种圆形草地球场中心只有一个穴,周围有十二个球座,按顺序从球座击球入穴的游戏。

馆'。小时候住过的那些地方——或是小时候去跳舞的那些地方都不见了。太令人伤心了。是的,我很高兴纳斯庄园能够保留下来,当然可怜可爱的弗里亚特夫人也非常高兴。我必须得说,她之前过的日子那么艰难——但从不抱怨。乔治爵士不但没有让纳斯庄园低俗化,而且还创造了奇迹。不知道这是艾米·弗里亚特影响的结果,还是乔治爵士自己天赋的高品位。他的确品位很高,你知道。像他这样高品位的男人很令人惊讶。"

"据我了解,他属于乡绅贵族阶级吧?"波洛很谨慎地问了一句。

"据我所知,他甚至都没有爵位,是自封的。我怀疑他的这个名字来源于乔治·桑格勋爵的马戏团。真是非常好笑。当然我们从来没有说穿过。有钱人是该让他们摆摆绅士架子,你不同意这个说法吗?令人不可思议的是,尽管他出身一般,可乔治·斯塔布斯爵士走到哪里都吃得开。他是个'返祖者',是个典型的十八世纪的乡绅。我相信他的血统好,我猜他父亲肯定是位绅士,母亲是个酒吧女招待。"

马斯特顿太太突然自己打断自己的话,对着一个园丁吼道:

"不要靠杜鹃花太近。右侧要给游戏场地留出空间。右侧——不是左侧!"

她接着对波洛说:"这些人甚至左右都不分,笨死了。那个叫布鲁伊斯的倒是挺能干,不过她不喜欢可怜的海蒂,那种眼神有时候看上去像是要把海蒂杀了似的。不少很能干的好秘书都和她们的老板有一腿。不知道吉姆·沃伯顿跑哪儿去了,你知道吗?他总是自称'上尉',真是荒唐。又不是什么常备兵,从来也没靠近过德军。当然啦,当下这种情况也不得不招到什么人算什么人,他工作也很卖力,但总觉得他不是太靠谱。啊哈!莱格家的人来了。"

莎莉·莱格穿着一件宽松的黄毛衫，轻快地说道：

"我们来帮忙了。"

"要干的活太多了，"马斯特顿太太大声说，"让我看看你们……"

波洛则趁她没注意悄悄溜掉了。他转过房角，来到房前的阳台上，向前望去，一台新戏即将上演。

两个身穿短裤、鲜艳上衣的年轻女子刚刚从树林子里走出来，正犹豫不决地站在房前抬头看着别墅。他认出了其中一个女孩，是昨天搭车的那两个中的一个。乔治爵士正靠在斯塔布斯夫人的窗户上对着她们很生气地大喊：

"你们这是擅穿私宅！"他喊道。

"什么？"带绿头巾的年轻女孩问。

"你们不能从这里穿过，这是私人住宅。"

头戴蓝色头巾的年轻女孩轻快地说：

"请问纳斯码头……"她把每个字都咬得很清楚，"是这个方向吗？"

"你们在擅穿私宅！"乔治爵士咆哮道。

"拜托你告诉我们好吗？"

"非法闯入！这儿没有路，你们得原路返回。原路返回！从来的路上原路返回。"

两个女孩儿盯着他的手势看了半天没明白，然后两人用别人听不懂的语言商量了一阵子，最后，戴蓝头巾的女孩儿疑虑重重地问：

"返回？返回旅舍？"

"是的。走大路——那边那条大路。"

她们不情愿地返了回去。乔治爵士擦了擦额头上的汗,朝站在下面阳台上的波洛望去。

"把时间都花在这些人身上了,得不停地赶他们离开,"他说,"以前都是从上面的大门穿过来,我给锁上了。现在又从树林里穿过来,从围栏上翻进来。他们只考虑这么走到河边和码头更容易。是啊,当然啦,这么走近多了。但他们无权这么走——历来没有这个权利。几乎都是外国人,根本听不懂你在说什么,只会用荷兰语或什么语跟你叽里呱啦说一通。"

"这两人,一个是德国人,另一个是意大利人,昨天从车站过来的路上我见过那个意大利女孩儿。"

"他们讲什么语的都有……什么,海蒂?你说什么?"他把注意力转向房间。

波洛转身发现奥利弗夫人和一个十四岁身材发育良好穿着童子军服的女孩站在自己身后。

"这是玛琳。"奥利弗夫人说。

玛琳咯咯地笑了笑。

"我就是那具令人恐怖的尸体,"她说,"但我身上不会有任何血迹。"她的声音中流露出明显的失望。

"没有血迹?"

"没有。就是用绳子勒,仅此而已。我更喜欢被刀子捅——身上抹些红油漆。"

"沃伯顿上尉觉得那样太逼真了。"奥利弗夫人说。

"我认为杀人就应该有血,"玛琳不高兴地说。她兴趣盎然地看着波洛,"你见过很多凶杀案,对不?奥利弗夫人这么说的。"

"见过一两个。"波洛谦虚地说。

这时波洛吃惊地发现奥利弗夫人正准备开溜。

"见过性欲狂吗?"玛琳迫切地问。

"当然没有。"

"我喜欢性欲狂,"玛琳津津乐道地说,"我是说我在书上读过。"

"那你不一定想碰见。"

"哦,我也不知道。你知道吗?我认为我们身边就有性欲狂。我外公曾经在林子里看到过一具尸体。他吓坏了,赶紧跑开了,等再回来的时候,尸体不见了。是个女人的尸体。当然了,我外公是个疯子,所以他的话没人信。"

波洛围着别墅转了一圈最终摆脱了那个女孩,进到别墅里,躲进了卧室。他感觉很疲惫,需要休息。

6

午餐是简便的冷餐自助,提早就开始供应了。下午两点半会有个不太出名的电影明星为游园会剪彩。原来看上去要下雨的天气现在开始好转。三点钟的时候游园会就进入了高潮。大批的人流拥来,门票只需两个半先令,车道的一侧停满了汽车。住在青年旅舍的学生成群结队地到来,他们操着各国语言大声地交谈着。正如马斯特顿太太所预料的,斯塔布斯夫人还不到两点半就从卧室出来了。她身着一件仙客来花裙子,头上戴着一顶大大的黑色帽子,全身上下佩戴了很多钻石。

布鲁伊斯小姐冷嘲热讽地说:

"显然把这儿当成了阿斯科特皇家赛马场了!"

但是波洛却一本正经地赞赏道:

"您的新款套装真漂亮,夫人。"

"很漂亮,是吗?"海蒂高兴地说,"这是上次专门为阿斯科特赛马会准备的。"

看到小电影明星走了过来,海蒂迎了上去。

波洛再次退到幕后,他一个人到处闲逛着——一切似乎都按着游园会的安排有条不紊地进行。有一个打椰子游戏场,由热情饱满的乔治爵士主持，还有一个撞柱①游戏场，一个套圈游戏场。很多摊位上摆着当地产的水果、蔬菜、果酱和蛋糕——还有一些摊位摆放着一些"新奇的东西"。有抽奖彩券，可以抽蛋糕、水果篮，甚至，似乎还可以抽一头猪；以及为孩子们准备的摸彩游戏，两便士一次。

现在人已经很多，一场儿童舞蹈表演开始了。波洛没有看见奥利弗夫人，反倒是斯塔布斯夫人身着仙客来花的粉红装身影随着人群在茫然地移动着。然而，大家的注意力似乎在弗里亚特太太身上。她打破了之前一贯的穿衣风格——穿了一件镶有绣球花的蓝色薄软绸连衣裙，头戴一顶令她很精神的灰色帽子，她似乎在主持着整个游园会的进程，向刚到的人打着招呼，引导着人们去观看各种各样的穿插表演。

波洛慢慢向她走过去，听她们在说些什么。

"艾米，亲爱的，最近还好吗？"

"哦，帕米拉，你和爱德华能来我真是太高兴了。蒂弗顿离这儿实在是太远了。"

"天公真是为你作美呀，还记得战前那年吗？四点钟的时候突然倾盆大雨，把整个演出都给毁了。"

"但今年整个夏天都不错。多萝西！好久好久没见了。"

"我们觉得一定得回来看看纳斯庄园的辉煌。我看到你把河岸边的灌木都修剪了。"

"是的，这样就可以看到后面的绣球花了，不是吗？"

"那些花太漂亮啦。那么蓝！知道吗，亲爱的，你在去年真是创造了奇迹啊。纳斯庄园开始回到从前的样子啦。"

---

① 一种游戏，类似保龄球。用重十磅的木质或橡胶质球撞击二十一英尺外布成菱形的九根椭圆形木桩，以最少次数撞倒所有木桩者胜。

多萝西的丈夫用低沉的嗓音说道:

"大战期间过来见过司令官,当时这儿的景象真是令人心碎。"

弗里亚特太太转身招呼一位十分谦卑的客人。

"纳帕夫人,很高兴见到你。这是露西吗?都长这么高了!"

"她明年就毕业了。很高兴看到你气色还是这么好,夫人。"

"我很好,谢谢。你得去玩一下那个套圈游戏,露西,试试自己的运气。一会儿茶棚见,纳帕夫人。我会到茶棚里帮忙的。"

一位上了年纪的男人,可能是她丈夫,有些羞怯地说:

"很高兴看到你回到纳斯庄园,夫人。好像又回到了过去的时光。"

弗里亚特太太的回答声被匆匆赶来找她的两个女人和一个肥胖的男人所淹没。

"艾米,亲爱的,好久没见啦。这儿看起来是个极大的成功!快给我说说你是怎么收拾那个玫瑰园的。缪丽尔跟我说你全部换了新的品种。"

胖男人插了一句:

"玛丽莲·盖尔在哪儿——"

"瑞吉渴望见到她。他看了她最近拍的一部电影。"

"戴着大帽子的那个是她?妈呀,那个打扮。"

"别犯傻,亲爱的,那是海蒂·斯塔布斯。知道吗,艾米,你真的不应该让她像个时装模特似的晃来晃去。"

"艾米?"又有个朋友喊了一声,"这是罗杰,爱德华的儿子。亲爱的,欢迎重返纳斯庄园。"

波洛慢慢地走开了,心不在焉地用一先令买了一张可能会为他赢得一头猪的彩票。

他仍能隐约听到大致"太高兴你能过来"之类的话从他身后

传来。他不知道弗里亚特太太是否意识到自己已经完全取代了女主人的角色,还是说,她这么做完全是无意识的。可以非常肯定地说,今天下午她就是纳斯庄园的弗里亚特太太。

他站在标有"仅需二先令六便士,朱莱卡夫人给你算命"的帐篷下。茶点刚刚开始供应,所以之前排长龙算命的人都消失了。波洛低下头,弯腰走进帐篷,支付了二先令六便士,便一屁股坐到了椅子上,终于可以好好歇歇疲惫的双脚了。

朱莱卡夫人穿着飘逸的长袍,头上围着一条金光闪闪的头巾,罩在她脸下半部的面纱遮住了嘴,所以说话不是很清楚。她拿起波洛的手快速看了手相,她的手一动,金手镯上的幸运符叮当作响:财源滚滚、美人在怀、劫难远离。

"你说的这些非常顺耳,莱格夫人,希望能梦想成真。"

"噢!"莎莉说,"你认识我?"

"我事先得到了消息——奥利弗夫人告诉我说最开始你被设计为'受害者',但后来你被别人抢来给人算命了。"

"我倒真希望自己扮演那个'尸体',"莎莉说,"比这个省心。都是吉姆·沃伯顿的错。现在四点了吗?到我喝下午茶的时间了。四点到四点半是我的休息时间。"

"还差十分钟四点,"波洛看了一眼他那老式手表说,"我把茶给你端过来怎么样?"

"哦,不。我想休息一会儿。帐篷里太闷。外面仍然有很多人在排队吗?"

"没人了。大家都去排队喝茶了。"

"太棒了。"

波洛刚从帐篷里出来就碰见了一个女人,执意要他花六便士猜一块蛋糕的重量。

管理套圈游戏的一位肥胖的大妈硬是要波洛试一下手气，而万万没想到的是，他竟然套中了一个丘比特洋娃娃。抱着他赢得的洋娃娃刚走了几步，波洛就在人群的外围碰见了迈克尔·韦曼，他正闷闷不乐地站在通往码头的小路上。

"你好像玩得很开心啊，波洛先生。"他略带讥讽地说。

波洛注视着手上刚赢来的奖品。

"这真是太可怕了，是不是？"他遗憾地说。

这时，身边的一个小孩儿突然大哭起来，波洛立即把洋娃娃塞进了孩子的手里。

"瞧，这是给你的。"

眼泪瞬间不见了。

"你看，维奥莱特，这位先生多好啊。快说谢谢——"

"儿童化装舞会，"沃伯顿上尉通过扩音器喊道，"一流的舞会——三到五岁。请排队站好。"

波洛步履匆忙地朝别墅走去，不小心撞到了一个正在玩打椰子游戏的年轻人身上，当时他为了瞄准儿正往后退。看到对方满脸怒气，波洛也没多想，马上向他道歉，眼睛却被对方衬衫上变化无常的图案所吸引。他认出这就是乔治爵士所描述的"乌龟"衬衣。图案上各种海龟、乌龟以及海怪相互盘绕在一起，爬上爬下。

波洛眨了眨眼，突然听到一个荷兰女孩在跟他说话，就是前天搭便车的那个女孩儿。

"你也来参加游园会了，"他说，"你的朋友呢？"

"哦，对，她也是，今天下午过来。我还没见到她呢，不过，我们会在五点一刻的时候一块儿在大门口乘坐大巴离开。我们一起去托基，然后我在那儿转车去普利茅斯，这样比较方便。"

她的这番解释释怀了波洛之前的迷惑,那就是,荷兰女孩儿那天汗流浃背是因为背包很重。

他说:"我今天上午看见你的朋友了。"

"哦,是的,艾尔莎,她和一个德国女孩在一起,她告诉我说她们准备穿过树林到河边的码头去。但那个房主却非常生气,非让她们原路返回。"

她把头转向乔治爵士,他正在为那些参加打椰子游戏的竞争对手们加油呢,女孩儿补充道:"但现在——今天下午,他很有礼貌。"

波洛正在想要不要给她解释一下,年轻女孩儿擅闯私宅和年轻女孩儿支付两先令六便士入场费参观纳斯庄园是不一样的,一个是私闯民宅,是犯法的,一个是付费参观,是合法的。但沃伯顿上尉扩声器的声音打消了他的念头。上尉看上去有些烦躁,甚至恼怒。

"你看见斯塔布斯夫人了吗,波洛?有谁看见斯塔布斯夫人了?她本来应该过来给这个化装舞会当裁判的,可哪里都找不到她。"

"我看见过她,让我想想——哦,大约半小时前。但是后来我就去算命了。"

"这个该死的女人,"沃伯顿生气地说,"她到底去哪儿了?孩子们都在等她,而且我们现在已经比计划时间晚了。"

他环顾了一下四周。

"阿曼达·布鲁伊斯在哪儿?"

布鲁伊斯小姐,同样无迹可寻。

"这真是太糟糕了,"沃伯顿说,"搞个活动必须得有人配合。海蒂到底在哪儿?也许她已经回屋了。"

说完他就大步流星地走开了。

波洛朝着被绳子隔开的茶棚走去,但见排队太长,他决定放弃。

他来到一个小装饰品摊位,店里的一个老太太非要卖给他一个装衣领的塑料箱子,逼得他不得不沿着外围溜走,溜到远处出去观赏场内的活动。

他不知道奥利弗夫人在什么地方。

听到身后有脚步声,波洛回过头来。一个年轻人从码头的小路过来,皮肤黝黑,身着完美无瑕的游艇服。他似乎被眼前的景象惊呆了,停住了脚步,犹豫了一下,对波洛说:"对不起,请问,这儿是乔治·斯塔布斯爵士的庄园吗?"

"没错,是的。"波洛停顿了一下,接着大胆猜测道,"你或许是斯塔布斯夫人的表哥吧?"

"我是艾迪安·德索萨——"

"我叫赫尔克里·波洛。"

两人彼此鞠躬致意。波洛把游园会的情况说给了他听。刚刚说完,就见乔治爵士从打椰子游戏场地那边走了过来。

"德索萨?见到你太高兴了。海蒂今天早上收到了你的信,你的游艇在哪儿?"

"停在了赫尔茅斯。我开着自己的汽艇沿河过来的。"

"我们必须得找到海蒂。她说不定在哪儿……你今晚能和我们共进晚餐,是不是?"

"你真是太好了。"

"能邀请你在这儿留宿吗?"

"那是再好不过了,但我睡在我的游艇上,那儿很舒服,也方便。"

"你要在这儿待几天?"

"两三天吧,也许。视情况而定。"德索萨耸了耸肩。

"海蒂一定会非常高兴,我保证,"乔治爵士礼貌地说,"她到哪儿去了呢?不久前我还见过她。"

他不解地朝四周看了看。

"她本应该在那里给孩子们的化装舞会当裁判的,真搞不懂。请稍等,我去问一下布鲁伊斯小姐。"

他匆忙走开了。德索萨望着他的背影,而波洛却看着德索萨。

"你很久没见到你表妹了吧?"波洛问。

对方又耸了耸肩。

"十五岁之后我就再没有见过她。不久她就被送到国外——送到法国的一所女修道院去了。小时候就能看出来,她长大以后肯定会非常漂亮。"

他用询问的眼神看了波洛一眼。

"她是个美女。"波洛说。

"那个人就是她丈夫?他看上去似乎像个大家所说的'老好人',但也许行为举止不够优雅?不过,对于海蒂来说,也确实很难找到一个合适的丈夫。"

波洛脸上带着礼貌和询问的神情。对方突然大笑起来。

"哦,这不是什么秘密。十五岁的时候海蒂的智力就没发育好,也就是大家所说的弱智。她现在还那样吗?"

"好像是——是的。"波洛小心翼翼地说。

德索萨耸了耸肩。

"哦,其实,人们为什么要求女人——女人非得聪明?没这个必要。"

乔治这时回来了,火冒三丈。布鲁伊斯小姐尾随身后,气喘吁吁地说:"我不知道她在哪儿,乔治爵士。我最后一次见她是在算命帐篷那里。但那至少是二十分钟以前或是半小时之前的事了。她不在房间里。"

"有没有可能,"波洛说,"她去看奥利弗夫人的寻凶游戏的进展了?"

听到这儿乔治爵士的眉头舒展了一些。

"很有可能是这样。听着,我现在不能离开这儿的游戏不管,这里由我负责。阿曼达那边也忙得抽不出空来。你能不能替我在周围找一找,波洛先生?这儿的环境你都熟悉。"

但是波洛并不熟悉这里的环境。不过,布鲁伊斯小姐给了他一个大致的方向。然后她就快活地接过了负责接待德索萨的任务。波洛走开后,像念咒语似的自言自语道:"网球亭式看台、山茶花园、怪建筑、苗圃、船库……"

当路过打椰子游戏场地的时候,他注意到乔治爵士正带着灿烂的微笑为参与游戏的人捡木球,而有趣的是,玩游戏的正是那个搭便车的年轻意大利女孩,她因乔治爵士迥异的态度感到困惑不已。

波洛继续朝网球亭式看台走去,但那里空无一人,只有一个穿着军装的老人躺在花园的躺椅上睡觉,帽子盖在脸上。波洛沿原路返回别墅,从那里直奔山茶花园而去。

到花园之后,波洛看见穿着紫色礼服的奥利弗夫人,坐在椅子上,一副沉思的样子,看起来就像是西登斯夫人[①]。她示意波洛坐在她身旁。

"这仅仅是第二条线索,"她嘘声说,"我觉得我把情节设计

[①] 西登斯(Siddons,1755—1831),英国悲剧女演员,尤以扮演莎剧《麦克白》中的麦克白夫人而名噪一时。

得太难了。到目前为止还没有人过来。"

这时,一个穿短裤的年轻人走进了花园,他的喉结尤其明显。只听他满意地大叫了一声,便急匆匆跑到拐角处的一棵树下,又听他满意地大叫一声,说他找到了下一条线索。从他们身边经过时,他禁不住表露出他的得意劲儿。

"很多人不认识软木树,"他小声地说,"照片很巧妙,第一个线索,但我还是认出来了——是网球网的一部分。还有一个空的毒药瓶和一个木塞。大部分人都会顺着瓶子的线索往下找——但我认为那只是个转移注意力的东西。很微妙,软木树,只有这种耐寒植物才能在这个地区生长。我对这些稀有灌木一直感兴趣。现在我该怎么做呢,真不知道?"

他看着手中笔记本里的内容皱起了眉头。

"我抄下了第二个线索,但似乎没有什么道理。"他用怀疑的目光看了两人一眼,"你们也是参加比赛的?"

"哦,不是,"奥利弗夫人说,"我们只是——来旁观的。"

"好啊……'当可爱女人向愚行屈从……'我有一个想法,这句话我好像在哪儿听过。"

"这句话很有名。"波洛说。

"'愚行'在英语中的另一个意思是'怪建筑',"奥利弗夫人有意提示说,"白色的——有柱子。"她又补充道。

"有想法了!太感谢了。都说阿里阿德涅·奥利弗夫人本人也在现场。我想得到她的签名。你们见过她吗?"

"没见过。"奥利弗夫人很肯定地说。

"我很想见到她。她的故事写得太棒了。"他压低声音接着说道,"但有人说她酒量特别大。"

年轻人离开后,奥利弗夫人气愤地说:

"这是真的吗?! 这种评价对我也太不公平了吧,我只喝柠檬水!"

"难道你不觉得最大的不公平是你帮那个年轻人找到了下一条线索吗?"

"考虑到目前为止他是唯一一个走到这一步的人,我认为他应该得到鼓励。"

"但你并没有给他签名。"

"那不一样,"奥利弗夫人说,"嘘!又有人来了。"

但这次来的人并不是寻找线索的,是两个付了门票钱决心要让自己的钱花得值的女人,所以她们打算把花园转个遍。

两人看上去愤愤不平,而且不太满意。

"大家以为这里会有一些漂亮的花坛,"一个对另一个说,"结果除了树还是树。这怎么能叫花园呢。"

奥利弗夫人用手肘碰了碰波洛,两人趁她们不注意悄悄溜了。

"假如,"奥利弗夫人心烦意乱地说,"没有人找到我设计的尸体该怎么办?"

"耐心点,夫人,要有信心,"波洛说,"时间还早着呢。"

"那倒是,"奥利弗夫人精神振奋起来,"而且过了四点半以后票价减半,所以会有更多的人拥进来。咱们去看看玛琳那个孩子怎么样了,知道吗,我还真不是很相信她,没什么责任心。真不敢保证她现在就一定在装死尸,而没有悄悄溜掉去喝杯茶什么的。你知道人们对下午茶有多看重。"

他们轻松愉快地沿着林区小路走着,波洛边走边议论纳斯庄园的地理位置。

"我感到非常困惑,"他说,"那么多条小路,没法弄清楚哪一条通向哪里。到处都是一片又一片的树木。"

"你听上去就像是刚才那个满腹牢骚的女人。"

他们路过那个"怪建筑",沿着一条弯弯曲曲的小径下坡向河边走去。船库的轮廓若隐若现地出现在河边。

波洛说如果参加"寻凶"比赛的人无意间来到船库,而且偶然在这儿发现了尸体,那就太令人尴尬了。

"一种捷径?我考虑到了。这就是为什么最后一条线索只是一把钥匙。没有钥匙这门你就打不开。是一把弹簧锁。门只能从里边打开。"

通向船库屋门的是一段陡坡,船库从河岸往外探出一段,有一个小码头,下方是停靠船只的地方。奥利弗夫人从紫色的折叠包中拿出一把钥匙,打开了门。

"我们过来就是让你振奋起精神来,玛琳。"她一进门就大声喊道。

只见玛琳正一动不动地四肢摊开躺在窗边的地板上,就像一具被艺术家安排好的"死尸",看到这个景象,奥利弗夫人对自己之前的一些不公平的怀疑感到有些歉疚。

玛琳没有应答。她躺在那里一动不动。微风从开着的窗户吹进来,吹得桌子上的一摞"漫画书"沙沙作响。

"别担心,"奥利弗夫人有些不耐烦地说,"是我和波洛先生,没有别人。到目前为止还没有人找到过你这条线索。"

波洛的眉头皱了起来。他把奥利弗夫人轻轻推到一边,然后弯腰查看了一下躺在地板上的女孩。他的牙缝里挤出一声压抑的叫声,然后抬头看着奥利弗夫人。

"这么一来……"他说,"你期待的事情发生了。"

"你不是说……"奥利弗夫人吃惊地睁大了眼睛。她紧紧抓住旁边的一把柳条椅坐了下来,"你不会是说……她死了?"

波洛点了一下头。

"哦,是的,"他说,"她死了,或许是刚刚死的。"

"但怎么——"

他掀起围在死者脸下半部的围巾,好让奥利弗夫人看清晾衣绳的两个头。

"跟我设计的一模一样,"奥利弗夫人说,情绪显得很不稳定,"但这是谁干的?为什么要杀她?"

"这的确是个问题。"波洛说。

他强忍住没说这也正是他想问的问题。

这两个问题的答案显然不是奥利弗夫人原先设计的答案,因为受害人不是原子专家的第一任南斯拉夫妻子,而是玛琳·塔克,一个只有十四岁的乡村女孩,不可能和谁结过仇。

7

警督布兰德坐在书房的桌子后面。他到的时候乔治爵士迎接了他,并带他去了船库,现在两个人一起回到了别墅里。侦查小组正在船库里忙着拍照取证,负责采集指纹的警察和法医刚刚到达案发现场。

"你在这儿办公可以吗?"乔治爵士问。

"非常好,谢谢你,先生。"

"游园会现在还在进行,我该怎么做?是告诉大家实情,中止游园会,还是采取别的做法?"

警督布兰德想了想说:

"乔治爵士,从案发到现在你是怎么处理这件事的?"

"我没有透露任何信息。有传言称这儿发生了意外,仅此而已。我觉得目前还没有人怀疑是一起——嗯——呃,谋杀案。"

"那就顺其自然吧,暂且什么都不要做,"布兰德说,"我敢保证,消息很快就会传开的。"他冷笑着补充道。思索片刻后他又问道:"共有多少人参加游园会?"

"应该有几百人吧,"乔治爵士说,"而且人数一直在增加。他们好像是从很远的地方赶来的。事实上这次活动搞得非常成功。真是太不幸了。"

布兰德警督推测,乔治爵士所说的"非常成功"指的是谋杀案而不是游园会。

"几百人,"他沉思了一下说,"每个人都可能是凶手。"

他叹了口气。

"太狡猾了,"乔治爵士同情地说,"但我不明白凶手的杀人动机。整件事似乎很不可思议——我不明白谁会杀害这样一个女孩。"

"对这个女孩你了解多少?她是当地人吗?"

"是的。她家住在码头附近的一栋农舍里。她父亲在当地的一家农场工作——我想,那农场是帕特森家族的。"他接着又说,"她母亲今天下午也来参加了游园会。我的秘书布鲁伊斯小姐比我清楚,她可以告诉你更多信息。她好不容易找到了这位母亲,把她带到了某个地方喝茶。"

"做得不错,"警督赞同地说,"乔治爵士,我现在对整个事件还不是特别清楚。那个女孩去船库做什么?我听说案发时这里正在进行一场什么寻凶游戏——还是寻宝游戏之类的。"

乔治爵士点了点头。

"是的。我们都觉得这个主意非常棒。但现在看来并不明智。我觉得布鲁伊斯小姐可以解释得比我清楚。我应该让她来见你吗?还是你想先做个初步了解?"

"暂且不用,乔治爵士。之后我可能会再问你一些问题。我想见几个人,你、斯塔布斯夫人和发现尸体的两个人。我了解到,其中一个是你请来设计这场寻凶游戏的女小说家对吗?"

"确实如此。是奥利弗夫人。阿里阿德涅·奥利弗夫人。"

警督的眉毛微微上挑了一下。

"噢——是她呀!"他说,"一位非常著名的畅销书作家。我读过她很多书。"

"她现在有些心烦，"乔治爵士说，"我想这很正常。我会转告她你想见她。我不知道我的妻子现在在哪儿。她似乎彻底消失了。应该在这二三百个人当中，我想她向你提供不了什么线索。我是指关于那个受害的女孩或诸如此类的事情。你想先见谁？"

"我想我应该先见见你的秘书布鲁伊斯小姐，然后是受害者的母亲。"

乔治爵士点点头离开了房间。

当地警局的罗伯特·霍斯金斯警员为乔治爵士开了门，等他出去后又将门关上。霍斯金斯警员主动开了腔，显然是评论刚才乔治爵士的话。

"斯塔布斯夫人这儿有点儿缺陷，"他拍了拍自己的前额，"所以乔治爵士说她提供不了什么线索。她确实有点傻乎乎的。"

"他的妻子是当地人吗？"

"不是，是外国人。有人说她是有色人种，但我觉得不是。"

布兰德点了点头，一声不响地拿了支铅笔在纸上画来画去。然后他问了一个问题，毫无疑问，这个问题并不会被记录在案。

"霍斯金斯，你觉得是谁干的？"

布兰德觉得，如果有谁对这件事情看出点儿门道的话，那一定是霍斯金斯警员。霍斯金斯对任何人和事都有极大的好奇心。他有个碎嘴子太太，而他又是当地的警察，所以他掌握了大量的个人信息。

"我觉得凶手是个外国人，不可能是当地人。塔克一家不会有问题，是个很友好、值得尊敬的家庭。全家一共九口人，两个大女儿都出嫁。一个儿子是海军，另一个儿子在服兵役，还有一个女儿在托基当理发师。剩下三个小点儿的孩子，其中两个儿子，一个女儿，都留在家里。"他停下来想了想，说，"塔克一家都算不上聪明，但塔克太太把家打理得非常好，一尘不染的——在十一个兄弟姐妹中，她是最小的。她还把自己的父亲接过来和她同住。"

布兰德静静地听着这些话。用霍斯金斯的话来说，以上是对塔克家族社会地位的概述。

"这就是我推测凶手是外国人的原因。"霍斯金斯继续说道，"凶手很可能是住在胡塘旅舍的某个外国人。那儿有些外国人比较奇怪——行为举止极为不当。他们在草丛、树林里的龌龊行为会让你感到吃惊。与那些在公共场所停放的车辆里所做的事一样下流。"

此时的霍斯金斯警员绝对是一个"不当性行为"方面的专家。他下班后在"公牛与熊"酒吧喝酒时谈论的大多是这方面的内容。布兰德说：

"我认为这起案件中没有发生——呃——你说的那种事。当然，法医验尸后会第一时间通知我们的。"

"是的，长官，那取决于法医的验尸结果。但我的意思是你不了解那些外国人，他们可能一瞬间就变得下流起来。"

想到事情不会那么简单，布兰德警督不由地叹了口气。霍斯金斯警员完全有理由把罪名安在那些"外国人"身上。这时门开了，法医走了进来。

"我的工作完成了，"他说，"现在可以让他们把尸体运走了吗？其他工具已经收拾好了。"

"科特里尔警长会处理的，"布兰德说，"那么，验尸结果怎么样？"

"作案手法非常简单直接，"法医说，"毫无复杂性可言。受害者是被凶手用一根晾衣绳勒死的。这是最简单不过的杀人方法了。死前没有任何挣扎迹象。我想这个孩子没有预料到这突如其来的伤害。"

"有暴力迹象吗？"

"没有。没有任何暴力、强奸或侵犯的迹象。"

"所以不可能是奸杀对吗？"

"是的，不是奸杀。"法医补充说，"她不是一个非常漂亮的女孩。"

"有男孩喜欢她吗？"

布兰德向霍斯金斯警员问道。

"可以说没有男孩喜欢她，"霍斯金斯警员说，"如果有的话她会非常开心的。"

"也许吧。"布兰德点点头说。他想到了船库里那一摞连环漫画和纸张空白处的潦草字迹，上面写着"约翰尼和凯特好上了"，"乔治·帕基经常在树林里吻徒步旅行的女孩子"。他猜测受害人可能曾在这里胡思乱想来着。但不管怎样，玛琳·塔克的死不太可能与性有关。当然，这也不是绝对的，谁知道呢……总是有一些变态的罪犯，内心隐藏着杀人欲望，专门针对那些手无寸铁的年轻女性。或许这个假期真有这样一个罪犯来到了这里。他几乎相信事实就是如此——因为除此之外他想不出其他的杀人动机。然而，他想，调查才刚刚开始，最好还是先听听别人的说法。

"死亡时间是什么时候？"他问。

法医看了一下屋里的时钟和自己的手表。

"现在刚到五点半，"他说，"我大约是在五点二十分到达案发现场的——那时距她死亡已经一个小时了。也就是说，死亡时间大约在四点到四点四十分之间。如果尸检后有任何发现，我会及时通知你们。"他补充道，"之后我会写一份详细的尸检报告。

我该走了,还有几个病人在等我。"

他离开了房间,布兰德警督派霍斯金斯去找布鲁伊斯小姐问话。布鲁伊斯小姐走进房间的时候,他顿时精神抖擞起来。因为他立马意识到这个人非常精明能干,头脑清晰,能准确地回答出他的问题及确切的时间。

"塔克太太现在在我的起居室里,"布鲁伊斯小姐边说边坐了下来,"我已经把这件事告诉她了,让她喝了点茶。当然,她非常难过。她想去看尸体,但我劝她还是别去了。塔克先生六点下班后会来这儿找他的妻子。我吩咐下人要留意着点儿,他到的时候领他进来。塔克家另外两个年龄小一点儿的孩子还在参加游园会,我已经派人照看他们了。"

"非常好,"布兰德赞许地说,"在我见塔克太太之前,我想先向你和斯塔布斯夫人了解一下情况。"

"我不知道斯塔布斯夫人现在在哪儿,"布鲁伊斯小姐不悦地说,"我想她应该是觉得游园会很无聊,所以去哪儿闲逛了吧。不过我觉得她不会比我提供更多的信息。你想知道些什么?"

"首先我想知道寻凶游戏的所有细节,还有玛琳·塔克这个女孩是怎样参与到这个游戏中来的。"

"这个问题很简单。"

布鲁伊斯小姐简明扼要地说明了情况:寻凶游戏最初是为了吸引大家参加游园会,著名的小说家奥利弗夫人参与设计了这个游戏。她还介绍了游戏的大致情节。

"一开始,"布鲁伊斯小姐解释说,"受害者的角色是由亚历克·莱格太太扮演的。"

"亚历克·莱格太太?"警督疑惑地问道。

这时霍斯金斯警员插话,做了一番解释。

"她和莱格先生租下了磨坊茅庐,就是劳德溪下游粉色的那栋。他们是一个月前搬到这儿的,打算在这儿待两三个月。"

"我明白了。你说,受害者本来是由莱格太太扮演的?为什么后来换人了呢?"

"是这样,有天晚上莱格太太给我们占卜,她算得非常准,所以我们决定在游园会上搭设一处占卜帐篷来吸引游客,莱格太太可以穿上具有东方特色的衣服,装扮成朱莱卡夫人给大家占卜,每次收费半克朗①。我认为这并不违法,不是吗,警督先生?我是说这在游园会中很常见吧?"

布兰德轻笑了一下。

"我们并不总是把占卜和买卖彩票视作违法,布鲁伊斯小姐,"他说,"但有时我们需要——呃——杀一儆百,以示警告。"

"但你通常不会得罪人的对吧?莱格夫人同意了我们的建议,所以我们需要另找一个人来假扮受害者。那时当地的女童子军在帮我们筹备游园会,所以有人提议,选一个女童子军来担任这个角色也很不错。"

"那,是谁提议的?"

"说实话,我记不清了……好像是议员的妻子马斯特顿太太。不,可能是沃伯顿上尉……其实我不太确定,但的确有人提议了。"

"为什么最终选择了这个女孩呢?有什么特别的原因吗?"

"没,没有,我认为没有。她的家人是这个庄园的租客,她的母亲,塔克太太,有时会来这里帮厨。但我不太清楚为什么最后选择了这个女孩。可能是第一个想到她了吧。我们问她愿不愿

---

①一种货币单位。旧时英国及其多数殖民地、属地用此货币单位。1 克朗=5 先令。

意扮演这个角色,她非常开心地答应了。"

"她真的想扮演这个角色吗?"

"噢,是的,她似乎觉得这是一种荣幸。玛琳有些傻乎乎的,"布鲁伊斯小姐继续说道,"她本来可以不用扮演这个角色。但她觉得这很容易,而且觉得自己是从众多人当中被挑选出来的,所以非常开心。"

"她具体需要做些什么?"

"她需要待在船库里。当听到有人来的时候,她得躺在地上,把绳子绕在脖子上装死。"布鲁伊斯小姐的口吻平和且干脆。那个装死的女孩被人发现真的死了这个事实此刻并没有影响到她的情绪。

"她本来可以去参加游园会的,结果一下午都待在船库,肯定很无聊。"布兰德说出了自己的想法。

"从某种角度看,我想的确如此,"布鲁伊斯小姐说,"但鱼与熊掌不能兼得,不是吗?而且玛琳的确乐意扮演死尸。这让她觉得自己很重要。而且她带了一堆书来看,不至于那么无聊。"

"还带了一些吃的东西是吗?"警督问,"我注意到现场有个托盘,上面放着碟子和杯子。"

"嗯,是的,她吃了一碟蛋糕,喝了一杯山莓果汁。是我亲自给她送过去的。"

布兰德猛地抬起头。

"是你送过去的?什么时候?"

"大约是将近傍晚的时候。"

"具体什么时间?你还记得吗?"

布鲁伊斯小姐想了一会儿。

"让我想想。儿童化装舞会的评判稍微有些延迟——斯塔布斯夫人不知道去哪儿了，不过弗里亚特太太顶替了她，所以还好……没错，肯定是，我几乎能肯定，大约四点零五分的时候我拿的蛋糕和果汁。"

"接着你亲自把东西送到船库给她。你是几点到那儿的？"

"噢，到船库大概需要五分钟，大约是四点十五分到的，应该是。"

"四点十五分的时候玛琳·塔克还活着是吗？"

"是的，当然了，"布鲁伊斯小姐说，"而且她非常想知道寻凶游戏进展如何。可惜我没法告诉她，因为之前我一直在忙草坪演出的事，但我确实知道很多人参与了这个游戏。据我所知有二三十个人，实际可能比这还多很多。"

"你到船库的时候玛琳是什么状态？"

"我刚才告诉你了。"

"不，不，我不是那个意思。我是说你开门后玛琳正躺在地上装死吗？"

"哦，没有，"布鲁伊斯小姐说，"因为我进门之前喊她了，所以她开了门，我端着托盘进去，把它放在了桌子上。"

"四点十五分，"布兰德边写边说，"玛琳·塔克还活着。我想你应该明白，布鲁伊斯小姐，这是一个非常重要的信息。你确定是这个时间吗？"

"我不能百分之百地确定，因为我当时没有看表，不过在快到船库前我看过表，时间非常接近。"说完后，她突然明白了警督话里的含义，"你是说那之后不久——"

"不会差太久，布鲁伊斯小姐。"

"哦，天哪！"布鲁伊斯惊叹道。

这句话虽然简短，但却足以表达布鲁伊斯小姐的惊讶和担心。

"接下来,布鲁伊斯小姐,你在往返船库的途中有没有碰到什么人?或者看到有人在船库附近?"

布鲁伊斯小姐想了想说:

"没有,我没有遇见任何人。当然,按理说我应该看到的,因为今天下午庄园对所有人都开放。但通常人们往往会待在草坪、摊位等活动场所。他们喜欢参观菜园和温室,我本以为他们会去树林里,但是并没有。在这样的活动中人们总是喜欢成群结队,你觉得呢,警督?"

警督没有否认。

"但是,我觉得,"布鲁伊斯小姐突然想起了什么,接着说,"当时有人在怪建筑里。"

"怪建筑?"

"是的。一座小小的、白色的装饰性建筑,一两年前刚修建的。它坐落在通往船库的道路右侧。下午有人在那儿,我猜是一对情侣。有人在笑,然后另一人'嘘'了一声。"

"你不认识这对情侣吗?"

"不认识。在路上看不到'怪建筑'的正面,侧面和北面是封闭的。"

警督思索了一会儿,但对他来说"怪建筑"里的这对情侣,不管他们是谁,似乎并不重要。也许,查出来是谁会更好,因为他们可能曾看到有人进出船库。

"途中你没看到其他人吗?一个人也没有?"他追问道。

"当然,我知道你为什么会这么问,"布鲁伊斯小姐说,"我只能向你保证我没有遇见任何人。不过,你知道,我不是一定能看到什么人。我是说,如果路上有人,但不想让我看到的话,躲在杜鹃花丛中是最简单不过的方法了。道路两边种满了灌木和杜鹃花,如果未被允许进入的某人听到有人靠近,他可以迅速地躲起来。"

警督转变了思路。

"对这女孩你知道一些可以帮助我们的信息吗?"他问。

"我真的对她一无所知,"布鲁伊斯小姐说,"在游园会之前我从未和她讲过话。我见过她,但只是依稀记得她的样子,仅此而已。"

"你不了解她的任何事,任何有用的信息?"

"我不知道为什么会有人想杀她,"布鲁伊斯说,"其实对我来说——如果你懂我的意思——发生这样的事很不可思议。唯一的解释是,她要扮演受害者的消息传出后,激起了某个精神异常的人将游戏变为现实的变态心理。但即使这样,这个理由也很牵强、荒谬。"

布兰德叹了口气。

"唉,好吧,"他说,"我想我该见见受害者的母亲了。"

塔克太太身体瘦弱,脸型瘦削,鼻子尖挺,一头丝线般的金发。她眼睛都哭红了,但现在她控制住自己的情绪,准备回答警督的问题。

"发生这样的事真是太不公平了,"她说,"之前在报纸上才会看到这种事,没想到现在竟然发生在了我们家玛琳身上——"

"我对此感到万分遗憾,"布兰德警督温柔地说,"我希望你仔细想想,告诉我谁可能杀害你的女儿?"

"我已经想过了,"塔克太太抽泣了一下说,"我想了又想,但毫无头绪。学校的老师说玛琳曾时不时地与某个男孩或女孩争吵,但并不严重。没有人对她恨之入骨,想置她于死地。"

"她从没和你说过她和谁结过仇吗?"

"玛琳经常说傻话,她确实会这样,但不是关于这方面的。她说的全是化妆、发型、美容、打扮之类的。你知道,女孩子嘛。我和她爸爸都告诉过她,她太小了,还没到涂口红和使用化妆品的年龄。但她一有钱就买这些东西,买香水、口红,然后藏起来,怕被我们发现。"

布兰德点了点头。他没有得到任何有用的线索。一个傻傻的年轻女孩,成天想着电影明星和化妆——像玛琳这样的女孩有很多。

"我不知道她爸爸会说什么,"塔克太太说,"他随时都会过来,可能是在什么地方玩呢,他是个玩打椰子游戏的高手。"

突然间,她情绪崩溃,大哭起来。

"依我看,"她说,"凶手可能是住在旅舍的某个可恶的外国人。和外国人在一起你永远不知道会发生什么。他们大多花言巧语,有的人穿的衬衫让人无法接受,上面的图案是身穿比基尼的女孩。他们光着上身到处晒太阳——这样会出事的。这就是我的想法!"

霍斯金斯警员把还在哭泣的塔克太太送出了房间。布兰德发现,一直以来,当地人总是自然而然地把悲剧发生的原因归结到外国人身上。

8

"她是个刻薄的女人,"霍斯金斯送走塔克太太后说,"唠叨丈夫,虐待父亲。我敢说她曾严厉地训斥过自己的女儿,现在她感到很后悔。女儿对母亲说过的话并不会太在意,只是当作耳旁风,左耳朵进右耳朵出罢了。"

布兰德警督打断了霍斯金斯的话,让他去把奥利弗夫人请过来。

见到奥利弗夫人时警督有些吃惊,他没想到她这么爱长篇大论。她一身紫色装扮,而且情绪不稳定。

"我感觉非常糟糕,"奥利弗夫人说着,像一团紫色牛奶冻一样坐在他对面的椅子上,"很糟糕。"她又强调了一遍。

警督含糊地回应着,奥利弗夫人继续说道:

"毕竟,这是我设计的寻凶游戏,是我干的。"

布兰德警督愣了一会儿,他以为奥利弗夫人在承认自己的罪行。

"我不该把原子科学家的南斯拉夫籍妻子设定为受害者。我没想到会发生这样的事,"奥利弗夫人说着,用手在她精致的发型上乱抓,看起来有点儿像喝醉了似的,"我真是太蠢了。要是把受害者设为那个表里不一的园丁二号就好了——那样伤害会减少一半。因为,毕竟大多数男人都可以保护自己。即使他们保护不了自己，也应该有这种意识，这样的话我就不用忧心忡忡的了。一个男人被杀大家不会在意——我是说，除了他们的妻子、爱人、孩子，其他人不会在意。"

这时布兰德警督意识到，从奥利弗夫人的身上并不能得到什么有价值的线索。而此刻飘来的一股淡淡的白兰地酒香也证实了这一点。从船库回来后，赫尔克里·波洛一定让他朋友喝了点酒来压惊。

"我没疯，我也没醉，"奥利弗夫人说，她靠直觉猜到了警督的想法，"那个男人说我爱喝酒，还说别人也这么说，所以你可能也这么想。"

"他是谁？"警督急切地问道，他的焦点从游戏里的园丁二号转移到了这个未被指明的男人身上。

"他满脸雀斑，操一口约克郡方言，"奥利弗夫人说，"但如我所说，我既没醉也没疯。我只是伤心。非常非常伤心。"她重复了一遍，又一次进行了强调。

"确实，太太，肯定很伤心。"警督说。

"糟糕的是，"奥利弗夫人说，"她说她希望游戏里的凶手是一个色情杀人狂，现在我猜她可能是……应该是……我该怎么说呢？"

"这个案子和色情杀人狂无关。"警督说。

"无关吗？"奥利弗夫人说，"好吧，谢天谢地。其实，我也不太清楚。可能她更希望是这种方式。但如果凶手不是色情杀人狂，那还会有谁想杀她呢，警督？"

"我与你谈话就是希望你能帮我。"警督说。

毋庸置疑，他认为奥利弗夫人的问题正中要害。为什么会有人谋杀玛琳呢？

"我帮不了你,"奥利弗夫人说,"我想不出谁会这样做。当然,至少我可以想象,可以想象出任何事!这真是糟透了。我此时此刻就可以想象。我甚至可以让这些想象合情合理,当然这些想象都不是事实。我的意思是,玛琳可能是被一个单纯喜欢杀害女孩的凶手谋杀的,但这太简单了——而且,这个凶手竟然正好在这次的游园会上,实在是有点巧合过头了。他是怎么知道玛琳在船库的呢?另一种情况是,她可能知道了某人的风流韵事,或在晚上看到有人掩埋尸体,或认识某个隐藏自己身份的人,或知道战时某个藏宝地。还有可能是那个乘汽艇的男人把某人扔进了河里,而玛琳正好从船库的窗户边看到了这一幕,又或许她得到了一些需要解码的重要情报,但是还没弄懂是什么意思。"

"等等!"警督举手示意,打断了奥利弗夫人的话。他的脑袋在飞速运转。

奥利弗夫人顺从地停了下来。很显然,她本可以顺着这条脉络继续说下去,尽管在警督看来,她似乎已经设想到了所有可能和不可能的情况。在奥利弗夫人说的这一大段话中,他注意到了一个信息。

"奥利弗夫人,你说的'乘汽艇的男人'是指谁?是你想象出来的吗?"

"有人告诉我他乘汽艇来了这儿,"奥利弗夫人说,"我忘了是谁说的。我是说早餐时我们谈到的那个人。"她补充道。

"拜托你告诉我。"警督以一种恳求的语气说道。之前他完全不知道侦探小说家是什么样的。他知道奥利弗夫人有四十余部作品,但现在如果说她写了一百四十本小说,他也不会感到惊讶。他的语气突然变得严厉专横起来,问道:"早餐时那个乘汽艇的男人到底是怎么回事?"

"他不是在早餐时乘汽艇来的,"奥利弗夫人说,"是坐游艇来的。至少,在我的设计中不是那样。是一封信。"

"好吧,那到底是什么?"布兰德迫切地问,"是游艇还是信?"

"是一封信,"奥利弗夫人说,"写给斯塔布斯夫人的,是她一个表哥在游艇上写给她的,她吓坏了。"她没再说下去。

"吓坏了?为什么?"

"我猜是因为他,"奥利弗夫人说,"大家都看得出来。她非常怕他,不想让他来,我觉得正是因为这个原因,所以她现在躲了起来。"

"躲起来?"警督问道。

"是呀,哪儿都找不到她,"奥利弗夫人说,"大家一直在找她。我觉得她是因为怕他,不想见到他,所以躲起来了。"

"这个人是干什么的?"警督问。

"你最好去问波洛先生,"奥利弗夫人说,"因为波洛和他说过话,我没有。他叫埃斯特班——不,不是,这是游戏中的名字。德索萨,这才是他的真名,艾迪安·德索萨。"

但另一个名字引起了警督的注意。

"你刚刚说谁?"他问,"波洛先生?"

"是的。赫尔克里·波洛。发现尸体时他和我在一起。"

"赫尔克里·波洛……我有点纳闷,难道是同一个人?一个比利时人,个子不高,留着长长的八字胡?"

"非常长的八字胡。"奥利弗夫人肯定地说,"是的。你认识他吗?"

"我很多年前见过他。那时我还是一个年轻的警长。"

"你是在调查一起谋杀案时见到他的吗?"

"是的。他现在在这儿做什么？"

"他是来做寻凶游戏的颁奖嘉宾的。"奥利弗夫人说。

回答之前她犹豫了一下，但警督并没有察觉到。

"你发现尸体的时候他和你在一起。"布兰德说，"嗯，我想和他谈谈。"

"我去帮你叫他？"奥利弗夫人迫不及待地提起她的紫色裙子准备离开。

"还有什么要补充的吗，夫人？你还能想起其他有用的信息吗？"

"没有了，"奥利弗夫人说，"我什么都不知道。就像我说的，我可以设想一些杀人动机——"

警督打断了她的话。他一点儿也不想再听奥利弗夫人的猜想。那太令人晕头转向了。

"非常感谢你，夫人，"他欣然说，"如果你能让波洛先生来和我谈话，我会非常感激的。"

奥利弗夫人离开了房间。霍斯金斯警员好奇地问：

"长官，波洛先生是谁？"

"或许你可以把他描述成一个极为滑稽的人，"布兰德警督说，"像是舞台上演员模仿的法国人，其实他是比利时人，虽然长相滑稽，但非常聪明。他现在一定上年纪了。"

"那这个德索萨是怎么回事？"霍斯金斯警员问，"长官，你觉得这起案件和他有关系吗？"

布兰德警督没有听到他的问题。他正在琢磨一件事，虽然这件事他已听过数次，但现在才开始引起他的注意。

先是乔治爵士，恼羞成怒，非常警觉："我妻子好像失踪了。不知道她去了哪里。"然后是目中无人的布鲁伊斯小姐："斯塔布斯夫人找不到了，她对游园会感到厌烦。"现在是奥利弗夫人猜想斯塔布斯夫人躲了起来。

"嗯？你说什么？"他心不在焉地问。

霍斯金斯警员清了清嗓子，说：

"长官，我是在问你，你觉得这个德索萨——不管他是谁——是否和这起案件有关？"

很显然，霍斯金斯警员很高兴看到有一个特定的外国人，而不是外国人这个群体被牵扯到案件中。但布兰德警督并不这么想。

"我想见斯塔布斯夫人，"他简单地说，"把她给我找来，如果附近找不到，就去别的地方找。"

霍斯金斯看起来有些摸不着头脑，但他还是按照吩咐离开了房间。走到门口，他停下来向后退了几步，给正要进门的赫尔克里·波洛让路。在关上门之前，他回过头，有些好奇地打量着波洛先生。

"我想，"布兰德边起身边伸手说，"您不记得我了吧，波洛先生。"

"我确实——"波洛说，"你是……让我想一下，就一下。你是那个年轻的警长。没错，我十四年前，不，十五年前见过的那个布兰德警长。"

"一点儿没错。您记性真好！"

"哪里哪里。既然你记得我，我怎么能不记得你呢？"

布兰德心想，赫尔克里·波洛很难让人忘记，这并不完全是恭维话。

"所以，波洛先生，您来这儿，"他说，"又是为了帮忙查案吧。"

"没错,"波洛说,"我是受邀来这儿帮忙的。"

"受邀帮忙?"布兰德一脸疑惑地问。

波洛立马解释道:"我的意思是,我是受邀来这儿做寻凶游戏的颁奖嘉宾的。"

"奥利弗夫人告诉我了。"

"她没和你说别的事吗?"波洛问道,刻意表现出毫不在意的样子。他急于知道,奥利弗夫人是否向警督透露了她坚持让他来德文郡的真正原因。

"别的事她没说。她一直在说个不停,设想了女孩遇害的各种可能和不可能的杀人动机。把我弄得晕头转向,哎呀!她的想象力太丰富了!"

"她是靠想象力谋生的,我的朋友。"波洛不动声色,幽默地回应道。

"她提到了一个叫德索萨的人,这是她想象出来的人物吗?"

"不是,是个真实的人物。"

"她还提到了早餐时的一封信、游艇、坐汽艇沿河而上什么的。我不记得完整的表述是什么了。"

波洛又做了进一步的说明。他把早餐时的情景、那封来信和斯塔布斯夫人头痛的事叙述了一遍。

"奥利弗夫人说斯塔布斯夫人吓着了。你也觉得她是在害怕什么吗?"

"她给我的感觉是这样的。"

"害怕她的表哥吗?为什么?"

波洛耸了耸肩。

"我不知道。她只是告诉我她的表哥很坏,不是好人。你知道的,她有点儿头脑简单,智力低下。"

"是的,这似乎是当地一件众所周知的事。她没说为什么害怕德索萨吗?"

"没有。"

"但您觉得她确实很害怕是吗?"

"是的,除非她是一个非常厉害的演员。"波洛淡淡地说。

"我开始有了些头绪。"布兰德说。他站起身来,不安地来回踱步,"我觉得,都怪那个讨厌的女人。"

"你是说奥利弗夫人?"

"是的。她向我灌输了很多耸人听闻的想法。"

"而你觉得那可能是真的?"

"当然不全是,但其中一两条听起来没那么疯狂。这都取决于……"这时霍斯金斯警员开门走了进来。

"长官,好像找不到斯塔布斯夫人。"他说,"这附近都没有她的人影。"

"这我早知道了,"布兰德显得有些急躁,"我告诉过你,去别的地方找找!"

"法雷尔警长和洛里默警员正在进行彻底搜查,长官,"霍斯金斯说,"她也不在屋子里。"他补充道。

"去问一下门卫,斯塔布斯夫人有没有离开这里,是乘车还是步行离开的。"

"是,长官。"

霍斯金斯转身离开了。

"再问一下大家最后一次见到她的时间和地点。"布兰德在霍斯金斯身后喊道。

"所以,这就是你想到的办法?"波洛问。

"到目前为止还没有找到她,"布兰德说,"但我刚刚想到一个事实：一个本该遵守约定的女人却没有遵守约定！我想知道为什么。请您告诉我，关于这个叫德索萨的男人您还知道些什么？"

波洛描述了他和这位年轻男子见面时的情景，那时他正走在从码头通往庄园的路上。

"他可能现在还在游园会上，"他说，"需要我告诉乔治爵士你想见他吗？"

"暂时不需要，"布兰德说，"我想先向您多了解一些情况。你最后一次见斯塔布斯夫人是什么时候？"

波洛开始回忆。他很难记起确切的时间。他依稀记得曾看到斯塔布斯夫人身穿鲜艳套衫的高挑身影，她戴着一顶黑色的帽子，帽檐儿压得低低的，在草坪中来回走动，与人交谈，四处徘徊。偶尔还会听到她诡异的笑声，在混杂的声音中显得与众不同。

"我觉得，"他不确定地说，"是在快四点的时候。"

"那时她在哪里？和谁在一起？"

"她那时在别墅附近，有很多人都在那里。"

"德索萨到的时候她在吗？"

"我不记得了。应该不在，至少我没看到她。乔治爵士告诉德索萨说他妻子就在附近。那时斯塔布斯夫人本应在给儿童化装舞会做裁判的，但她却没在那儿，我记得乔治爵士对此似乎很吃惊。"

"德索萨是什么时候到的？"

"大概四点半左右。我没有看表，所以我也不知道确切的时间。"

"斯塔布斯夫人在他到达之前就已经不见了是吗？"

"好像是这样。"

"也许她跑掉是为了躲他。"警督推测道。

"有可能。"波洛表示赞同。

"这么说，她不可能跑太远，"布兰德说，"我们应该可以很容易地找到她，等我们找到她后……"他没有往下说。

"要是找不到呢？"波洛好奇地问。

"不可能，"警督斩钉截铁地说道，"怎么可能找不到呢？您觉得她会出什么事吗？"

波洛耸了耸肩。

"确实！谁也说不准。我们只知道她……失踪了。"

"见鬼，波洛先生，你的话听起来有不祥之感。"

"可能事实就是如此。"

"我们在调查的是玛琳·塔克的谋杀案。"警督厉声说道。

"没错。但……德索萨为什么会牵扯进来呢？难道是他杀了玛琳·塔克吗？"

布兰德警督没有直接回答。

"都怪那个女人。"

波洛轻轻一笑。

"你是说，奥利弗夫人？"

"是的。波洛先生，你知道，谋杀玛琳·塔克没有任何意义。这完全说不通。一个非常普通，甚至愚笨的女孩被人用绳子勒死了，而且我们找不到任何可能的杀人动机。"

"奥利弗夫人向你提供了一个杀人动机？"

"她至少说了十二种杀人动机！她推测，玛琳·塔克可能知道了某人的风流韵事，或目睹了某人行凶的过程，或得知地下宝藏的秘密，或者她透过船库的窗户看到了德索萨乘船而上时在汽艇上所做的事。"

"哦。那你相信哪种说法呢,朋友?"

"我不知道。但我忍不住去想她说的这些话。听着,波洛先生,您仔细回忆一下。今天早上斯塔布斯夫人和你说她害怕她表哥,你觉得是因为他可能知道一些她隐瞒她丈夫的事情,还是她只是害怕她表哥这个人而已?"

波洛毫不犹豫地做出了回答。

"我认为她只是单纯地害怕她表哥这个人。"

"嗯,"布兰德警督说,"好的。如果他还在这附近的话,我最好和这个年轻人谈一谈。"

9

尽管布兰德警督不像霍斯金斯警员那样对外国人怀有根深蒂固的偏见,但他对艾迪安·德索萨产生了一种厌恶感。这个年轻男子圆滑的绅士风度,完美精致的衣着,油光锃亮的头发散发出的浓郁花香,都让警督感到不快。

德索萨非常自信,非常轻松自在,但出于礼貌,他并没有表现出内心的愉悦,而是故作矜持。

"人们必须承认,"他说,"生活充满了惊喜。我是乘度假邮轮来到这儿的,我欣赏这里的美景,原本计划和我多年未见的表妹度过一个愉快的下午——结果呢?我先是被狂欢的人群淹没,一个个椰子在我的头顶上飞来飞去,后来由喜变悲,被牵扯进一起谋杀案中。"

他点燃一根烟,深吸了一口,接着说:

"这起谋杀案和我并没有什么关系。我完全不知道你们为什么要找我问话。"

"你是刚到这儿的一个陌生人,德索萨先生——"

德索萨打断警督的话说:

"难道陌生人就一定有作案嫌疑吗?"

"不,不,不是这样的,先生。你没理解我的意思。我想,你的游艇是停在赫尔茅斯了吧?"

"是的，没错。"

"你今天下午是乘汽艇沿河而上到这儿的是吗？"

"还是那句话，是的。"

"你沿河而上的时候有没有注意到你右侧有一座向河面凸出的小船库？茅草屋顶，下面有一处可以泊船的小码头。"

德索萨转过他英俊黝黑的脸庞，皱眉思索。

"让我想想，我记得有一条小溪和一座灰色的瓦房。"

"还得再往上游走，德索萨先生，坐落在树丛里。"

"噢，是的，我想起来了。那是个风景如画的地方。我不知道那是这个庄园的船库。要知道的话我就会把我的船停在那儿再上岸了。我问路时他们告诉我要从渡口那儿的码头上岸。"

"确实如此。你就是这么做的是吗？"

"是的。"

"你没有在船库或它周围上岸吗？"

德索萨摇了摇头。

"你经过船库的时候有没有看到什么人？"

"看见什么人？没有。我应该看见什么人吗？"

"只是可能而已。德索萨先生，被谋杀的女孩今天下午在船库，她是在那里被杀害的，而且她的死亡时间和你经过的时间相差不久。"

德索萨再次蹙眉思索。

"你认为我可能是这起谋杀案的目击者？"

"虽然谋杀发生在船库里，但你可能看到了那个女孩，她或许从窗户边往外看，或者走到了阳台上。如果你曾看到她的话，就可以帮我们缩小死亡时间的范围。如果你经过的时候她还活着——"

"哦，我明白了。好的，我明白了。但是为什么特意问我呢？有很多船来往于赫尔茅斯。观光船，来来往往个不停，为什么不去问他们？"

"我们会问他们的，"警督说，"不要担心，我们会问的。那么，你的意思是你经过船库时没有看到任何异常吗？"

"什么都没看到。没有迹象表明那里有人。我也没特意去看，而且我经过的时候离船库不是特别近。就像你说的，可能有人从窗户往外看了，但即便如此，我也不一定能看到那个人。"他礼貌地补充道，"非常抱歉没有帮到你。"

"哦，没关系，"布兰德警督友好地说，"我们不能奢求太多。德索萨先生，我们还想向你了解一些其他事情。"

"什么事？"

"你是一个人来这儿的吗？还是和你的朋友一起乘游艇来的？"

"几天前我还和我的朋友在一起，但最近三天是我自己一个人——当然还有船员。"

"德索萨先生，你乘坐的游艇叫什么名字？"

"希望号。"

"我听说，斯塔布斯夫人是你的表妹？"

德索萨耸了耸肩。

"是我的一个远亲，不算很近。你知道，在岛上近亲结婚很普遍。我们彼此都是表兄妹。海蒂是我第二或第三个表妹。在她还很小，十四五岁之后，我就没再见过她了。"

"你今天原本想给她个惊喜是吗？"

"算不上是惊喜，警督。我之前给她写信说过此事。"

"我听说她今天早上收到了一封信，不过得知你回国的消息她非常吃惊。"

"噢,你弄错了,警督。我是……让我想一下……三周前给她写的信,那时我还在法国,是回国之前写的。"

警督一脸愕然。

"你是在法国写信告诉她你即将到访的消息的?"

"是的。在信中我告诉她,我要乘游艇巡游,可能会在这几天抵达托基或赫尔茅斯,确切的到达日期我之后会告诉她。"

警督目不转睛地盯着他。这番话与他之前得知的早餐时收到来信的说法完全相悖。至少有一人已经证明,斯塔布斯夫人读信后显得心烦意乱、惊慌失措。面对警督的凝视,德索萨神色平和,微笑着掸了掸膝盖上的灰尘。

"斯塔布斯夫人给你回第一封信了吗?"警督问。

德索萨犹豫了一会儿,说:

"我记不清了……不,我想她没有回信。不过也没必要回。我在四处航行,没有固定的地址。而且,我觉得我的表妹——海蒂,不太擅长写信。"他补充道,"尽管我听说她已经出落成了一位漂亮的女人,但你懂的,她脑袋不怎么灵光。"

"你到现在为止都还没见到她?"布兰德故意用一种疑问的语气问道。德索萨露齿一笑,表示肯定。

"她好像莫名其妙地失踪了,"他说,"肯定是这场游园会让她觉得很无聊。"

布兰德警督谨慎地斟酌词句之后,说:

"德索萨先生,你的表妹有可能因为某些原因而故意躲着你吗?"

"海蒂想躲着我?真的吗?我不知道为什么。她有什么理由躲我呢?"

"这正是我想知道的,德索萨先生。"

"你是说,海蒂缺席这次游园会是为了躲我?太荒谬了!"

"据你所知,她有没有理由……我是说……害怕见到你?"

"怕——我?"德索萨以一种质疑和高端讥讽的口吻说,"警督,请允许我这么说,你的这个想法太离谱了。"

"你们之间的关系一直很友好吗?"

"就像我和你说的。我和她没什么关系。她十四岁以后,我就没再见过她了。"

"然而你一到英格兰就来找她了?"

"噢,至于这个,那是因为我在你们这儿的一份报纸上看到了一则关于她的新闻。上面提到了她的娘家姓,说她嫁给了这个富有的英国男人,所以我想我得去看看小海蒂现在变成什么样了,她有没有变聪明一点。"他又一次耸了耸肩,说,"这只是表兄妹之间的礼尚往来。加上些许好奇心,除此之外别无他。"

警督又一次盯着德索萨,心想,他圆滑孤傲的背后隐藏了什么呢?他采取了一种委婉的问话方式,说:

"你能否和我讲一些你表妹的情况呢?比如她的性格?行为?"

德索萨有些惊讶,但表现得很有礼貌。

"这和船库里的女孩谋杀案有什么关系吗?哪件才是你们真正在调查的事呢?"

"这两者之间也许会有某种联系。"

德索萨沉默了一会儿,然后微微耸肩,说:

"我对我的表妹一直不怎么了解。她生于一个大家庭,并没有引起我的特别关注。但如果非得回答你的问题的话,我会说,她虽然智商不高,但据我所知,并没有杀人倾向。"

"德索萨先生,其实我不是那个意思!"

"不是吗？我表示怀疑。除此之外我不知道你为什么要问那个问题。不，海蒂不会杀人的，除非她变了个人。"他站了起来，说，"我想你不会再问我别的事了，警督。希望你办案顺利。"

"德索萨先生，我想，你这一两天不会离开赫尔茅斯吧？"

"警督，你说得很客气。这是委婉的命令吗？"

"只是请求，先生。"

"谢谢你。我打算在赫尔茅斯待两天。乔治爵士十分友好地邀请我在他家留宿，但我更喜欢住在'希望号'上。如果你想进一步了解情况的话，可以去那儿找我。"

他有礼貌地鞠了个躬。

霍斯金斯警员帮他开了门，他走了出去。

"虚伪的家伙。"警督咕哝了一句。

"是啊。"霍斯金斯警员十分赞同。

"如果她有杀人倾向，"警督自言自语道，"她为什么要杀害一个无辜的女孩呢，这并没有任何意义。"

"你永远无法理解一个愚蠢的人。"霍斯金斯说。

"关键是她有多愚蠢？"

霍斯金斯摇摇头，故作聪明地说：

"我觉得她 IQ 不怎么高。"

警督一脸厌烦地看着他。

"不要像只鹦鹉似的说这些时髦词，我不在意她智商高不高，我关心的是她会不会用绳子勒死一个女孩，也许她觉得这样做很有趣，或不得不这么做。不管怎样，这女人现在到底在哪儿？去看看弗兰克有什么进展。"

霍斯金斯奉命离开了房间，过了一会儿，他和科特雷尔警长一起回到屋里。科特雷尔是个狂妄自大的年轻人，经常惹恼他的上级。相比弗兰克·科特雷尔自以为是的小聪明，警督更喜欢霍斯金斯这种"乡下智慧"。

"报告长官，搜查仍在继续，"科特雷尔说，"我们非常肯定，斯塔布斯夫人没有从大门离开。在那里连售票带收钱的园丁二号发誓说她没有离开。"

"我想除大门之外，这里还有别的出口吧？"

"哦，是的，长官。庄园里有一条通向渡口的小路，但在渡口附近居住的老人——默德尔——非常肯定地说斯塔布斯夫人没有从那儿离开。他估计快一百岁了，但我认为他的话非常可信。他十分清楚地讲述了那个外国绅士乘汽艇到达渡口，向他询问如何去纳斯庄园的情景。默德尔告诉他必须沿那条路上去后才能到达庄园门口，还得买票进入。但老人说那位绅士似乎对游园会一无所知，他说他是庄园主人的亲戚。所以老人带他穿过树林走到了从渡口通往庄园的小路上。默德尔似乎整个下午都在码头附近闲逛，因此他非常确信，如果斯塔布斯夫人从那儿经过的话他一定能看到。另外庄园还有一处大门，从那儿出去越过一片田地可以到达胡塘公园。但由于常有人从那儿擅自闯入庄园，已经被人用铁丝网围上了，所以夫人也不会从那儿离开。这么说来，她一定还在庄园里，你说呢？"

"也许是吧，"警督说，"但她可以从栅栏下溜走，穿过田地离开这里，不是吗？我想乔治爵士仍在抱怨住在旁边旅舍的擅闯者们吧。我认为，如果有人可以像擅闯者那样溜进庄园，那么也可以用同样的方法溜出去。"

"哦，是的，长官，毫无疑问。但我问过她的女仆了。斯塔布斯夫人穿着（科特雷尔看了看手里的纸条）一件粉红色乔其纱材质的绉裙——管它是什么呢，戴了一顶宽大的黑色帽子，脚踩一双四英寸高的法式高跟鞋。如果她想从田地里逃跑的话是不会这么装扮的。"

"她没有换过衣服吗?"

"没有。我和女仆确认过了。她没有带走任何东西——什么也没带。她没有打包行李什么的,甚至连鞋都没换。每双鞋都在,足以证明这一点。"

布兰德警督眉头一皱,想到了一种不太好的可能性。他非常干脆地说:

"让那个女秘书,布鲁斯……不管她叫什么,再过来一下。"

布鲁伊斯小姐走了进来,满脸不快,上气不接下气。

"警督,"她说,"你找我?乔治爵士状态不太好,如果事情不紧急的话我得去——"

"他为什么状态不好?"

"他刚意识到斯塔布斯夫人,呃,是真的失踪了。之前我跟他说斯塔布斯夫人可能只是去树林里或其他地方散步了,但他觉得夫人一定出事了。真是荒谬。"

"这或许并不荒谬,布鲁伊斯小姐。毕竟,今天下午已经发生了一起谋杀案。"

"你肯定不会认为斯塔布斯夫人——但这听起来太荒唐了,斯塔布斯夫人可以照顾自己。"

"她可以吗?"

"她当然可以了!她是成年人,不是吗?"

"无论从哪个角度看,她都需要有人照看。"

"无稽之谈,"布鲁伊斯小姐说,"当她不想做事的时候她可能就会装傻。这骗得了她丈夫,但我敢说,骗不了我。"

"布鲁伊斯小姐,你不太喜欢她,对吗?"布兰德好奇地问。

布鲁伊斯小姐的嘴唇抿成了一条缝。

"我喜不喜欢她并不重要。"她说。

门猛地被推开了,乔治爵士走了进来。

"喂,"他生气地说,"你们得想点儿办法。海蒂在哪儿?你们得把海蒂找到。我不知道这儿他妈的发生了什么事。一些杀人狂魔花了半克朗钱,混入了这场喧闹的游园会中,表面看起来和他人无异,实际上整个下午都在四处走动,策划谋杀。照我说,事情就是这样。"

"乔治爵士,我觉得没必要那么夸张。"

"这对你来说当然没什么了,你只是坐在桌子后面写些东西而已。我想要的是我的妻子。"

"我们正在搜查她的下落,乔治爵士。"

"为什么没人告诉我她失踪了?好像到现在为止她已经失踪两三个小时了。她没去给孩子们的化装舞会当裁判,我就觉得很奇怪,但没人告诉我她失踪了。"

"那时还没人知道。"布兰德警督说。

"好吧,应该有人知道的,有人应该注意到的。"

他转向布鲁伊斯小姐。

"你应该知道的,阿曼达,你一直在关注着周围的动向。"

"我不可能无处不在,"布鲁伊斯小姐说,她的声音突然像要哭出来一样,"需要我关注的事情太多了。如果斯塔布斯夫人想闲逛的话——"

"闲逛?她为什么要闲逛?她没有理由闲逛,除非她想避开那个外国佬。"

布兰德抓住这个机会赶紧发问。

"我有一些事想问你，"他说，"大约三周前，你的妻子是否收到过德索萨先生的来信，信中说他要来这儿？"

乔治爵士看起来很吃惊。

"没有，她当然没收到。"

"你确定吗？"

"是的，非常确定。如果有，海蒂会告诉我的。哎，今天早上收到信的时候，她惶恐不安，快要崩溃了。因为头疼，她几乎整个上午都在躺着。"

"关于她表哥要来拜访的事，她私下和你说什么了吗？她为什么这么害怕见到她的表哥呢？"

乔治爵士表现得局促不安。

"要是我真的知道就好了，"他说，"她只是一直在说，她表哥是个邪恶之徒。"

"邪恶？怎么邪恶？"

"她没有说得很清楚。只是像个孩子一样说他是个邪恶的人、坏人，说她不想让他来这儿，说他做过坏事。"

"做坏事？什么时候？"

"噢，很久以前了。我想这个艾迪安·德索萨是他们家族的害群之马，海蒂小时候零星地听过一些关于他的事，但那时她对那些话理解不透。结果她对他产生了恐惧心理。我觉得她还保留着孩童时代的幼稚。有时我的妻子非常孩子气，她有喜欢和不喜欢的事，但是解释不出其中的原因。"

"乔治爵士，你确定她没有具体说明是什么事吗？"

乔治爵士惴惴不安。

"我不想让你们把她的话……哦……当真。"

"所以她确实说了一些事对吗?"

"是的。我告诉你们,她说的是……而且她说了好几次——'他常杀人。'"

10

"他常杀人。"布兰德警督重复了一遍。

"我觉得你不必当真,"乔治爵士说,"她不停地重复'他常杀人',但她不能告诉我他杀了谁、什么时候杀的以及他的杀人动机。所以我觉得这只是她某段奇怪、单纯的童年记忆。可能是和当地人的纠纷,类似这样的事。"

"你说她不能和你说具体的细节。乔治爵士,你的意思是她'不能',还是'不想'呢?"

"我认为不是……"他没说完,转而说道,"我不知道。你把我弄糊涂了。我说了,我没把她的话当真。我猜小时候她表哥可能戏弄过她,或做过类似的事。我很难和你解释,因为你不了解我的妻子。我全心全意地爱她,但有一半时间我不会听她讲话,因为她的话很让人费解。不管怎样,这个德索萨不可能和这件事有关。不要告诉我他乘游艇到这儿后,径直穿过树林,到船库杀了一个可怜的女童子军!他为什么要这么做呢?"

"我不是那个意思,"布兰德警督说,"但乔治爵士,你必须明白,寻找杀害玛琳·塔克的凶手不能像之前设想的那样仅仅局限在这个庄园里。"

"局限?!"乔治爵士瞪着眼睛说,"所有参加游园会的人都是你们的怀疑对象,不是吗?一共有两三百人?他们中的任何人都可能是凶手。"

"没错,我一开始是这么想的,但据我现在掌握的情况,这种可能性很小。船库的门上有一把弹簧锁。没钥匙的人从外面根本进不去。"

"是的,一共有三把钥匙。"

"没错。其中一把是寻凶游戏的最后一条线索。现在还被藏在花园顶部的绣球花步道上。第二把钥匙在寻凶游戏的设计者奥利弗夫人的手里。那第三把钥匙在哪儿呢,乔治爵士?"

"应该在你面前那张书桌的抽屉里。不是那边,是右边那个抽屉,里面放着很多地产副本。"

他走过去在抽屉里翻找。

"是的。好好在这儿放着呢。"

"所以你看,"布兰德警督说,"这意味着什么?能进入船库的人有以下几种可能:第一,是完成寻凶游戏找到钥匙的人——据我们所知,现在还没有人完成游戏。第二,可能是奥利弗夫人,或者她把钥匙借给了庄园里的其他人。第三,玛琳自己开门让他进来的那个人。"

"是的,最后一种可能几乎包含了所有人,对吗?"

"并非如此,"布兰德警督说,"如果我对寻凶游戏的安排理解无误的话,当女孩听到有人靠近的时候,要躺下来扮演受害者的角色,直到找到最后一条线索——这把钥匙——的人发现她。所以,你必须明白,如果有人从外面叫她开门,她允许让其进入的,肯定是策划寻凶游戏的成员,即住在这个庄园里的人——也就是说,你自己、斯塔布斯夫人、布鲁伊斯小姐、奥利弗夫人,或许还有今天早上与奥利弗夫人见过面的波洛先生。乔治爵士,除此之外还有谁?"

乔治爵士思索片刻。

"当然还有莱格夫妇,"他说,"亚历克·莱格和莎莉·莱格。他们一开始就参与了这场游戏。还有迈克尔·韦曼,他是一名建筑师,在这儿设计一座网球亭式看台,还有沃伯顿、马斯特顿夫妇。哦,当然还有弗里亚特太太。"

"就这些,没别人了吗?"

"这就是所有人。"

"所以你看,乔治爵士,范围并不广。"

乔治爵士涨红了脸。

"我认为你在胡说,绝对是胡说!你是在暗示吗?你在暗示什么?"

"我只是在推测,"布兰德警督说,"现在还有很多我们不知道的事。例如,玛琳可能因为某种原因走出了船库。她甚至可能是在其他地方被勒死,然后被凶手搬回船库放在地板上的。不过即使是这样,凶手也应该是一个对寻凶游戏的细节非常熟悉的人。嫌疑总是回到寻凶游戏上。"他稍稍换了种语气说,"乔治爵士,我向你保证,我们会尽一切努力寻找斯塔布斯夫人。现在我想向亚历克·莱格夫妇和迈克尔·韦曼先生了解一些情况。"

"阿曼达。"

"我会尽力安排的,警督,"布鲁伊斯小姐说,"希望莱格太太还在帐篷里占卜。五点后入园费减半,来了很多人,所有的摊位都非常忙碌。我也许能找来莱格先生和韦曼先生——你想先见谁?"

"先见谁都可以。"布兰德警督说。

布鲁伊斯小姐点点头走出了房间。乔治爵士跟在她后面,传来他哀怨的声音。

"喂，阿曼达，你得……"

布兰德警督意识到，乔治爵士非常依赖能干的布鲁伊斯小姐。的确，在这个时候，他发现这个宅子的主人更像是一个小男孩。

在等候传唤人到来期间，布兰德警督拿起电话，接通了赫尔茅斯警察局，安排那里的同事关注"希望号"游艇。

"我想，"他对霍斯金斯说，显然霍斯金斯完全没想到这点，"那个讨厌的女人极有可能在一个地方——德索萨的游艇上。"

"长官，你是怎么想到的？"

"没有人看到这个女人经过平常的出口，她衣着华丽，不可能穿过田地或树林，但她有可能和德索萨约在船库见面，然后德索萨乘汽艇将斯塔布斯夫人送到了他的游艇上，之后又返回了游园会。"

"他为什么要这么做呢？长官。"霍斯金斯疑惑地问道。

"我不知道，"警督说，"或许他没这么做，但这种可能性是存在的。如果她在'希望号'上，我要确保她不会在我们不知道的情况下离开那里。"

"但是如果她真的讨厌见到他的话……"霍斯金斯不由自主地说了方言。

"我们所知道的只是她说她不想见。"警督直截了当地说，"女人嘛，总是爱说谎。霍斯金斯，你要始终记着这句话。"

"哦。"霍斯金斯回应道。

门打开了，走进来一位个子很高、神情茫然的年轻人。两人的谈话也随之中断。这位年轻人穿了一身整洁的灰色法兰绒西服套装，但衬衣领子皱皱的，领带歪斜着，头发杂乱地立着。

"你是亚历克·莱格吗？"警督抬起头看着他说。

"不是，"年轻人说，"我是迈克尔·韦曼。有人告诉我你想见我。"

"没错，先生，"布兰德警督说，"你请坐！"他指着对面的一把椅子说。

"我不喜欢坐着，"迈克尔·韦曼说，"我喜欢四处走动。对了，警察在这里做什么？出什么事了？"

布兰德警督诧异地看着他。

"先生，乔治爵士没告诉你吗？"他问道。

"没有人'告诉'我任何事。我不是时时刻刻都待在乔治爵士的身边。发生什么事了？"

"我听说，你住在这儿？"

"我当然住在这儿了。这和发生的事有什么关系吗？"

"我只是以为，每个住在这儿的人都已经知道了今天下午的悲剧。"

"悲剧？什么悲剧？"

"那个在游戏里扮演受害者的小女孩被杀了。"

"不可能！"迈克尔·韦曼满脸惊讶地说，"你是说她真的被杀害了吗？不是假装的？"

"我不知道你说假装是什么意思。这个女孩已确认死亡了。"

"她是怎么死的？"

"被人用一根绳子勒死的。"

迈克尔·韦曼惊愕地吹了声口哨。

"和游戏里设计的情景一模一样？唉，好吧，那确实提供了一种杀人方法。"他走到窗前，然后突然转身说道，"所以我们都有嫌疑,是吗?还是说,凶手是当地的某个男孩。"

"我们不知道凶手是不是,像你说得那样,是当地的某个男孩。"警督说。

"其实我也不清楚,"迈克尔·韦曼说,"警督,虽然很多朋友说我很疯狂,但我不是那种疯狂。我不会在乡村里四处走动,杀死那些满脸粉刺、还没发育完全的小女孩们。"

"韦曼先生,我了解到,你来这儿是给乔治爵士设计一座网球亭式看台的,对吗?"

"一份无可挑剔的职业,"迈克尔说,"从犯罪学角度来讲。但从建筑学角度讲,我就不是很确定了,一件完成的作品也可能并不符合审美。但你对这个不感兴趣,警督先生。你想知道什么?"

"好吧,韦曼先生,我想知道,今天下午四点十五分到五点你在哪里?"

"你是怎么限定这个时间段的——是法医鉴定的结果吗?"

"并不全是,先生。有目击证人说四点十五分的时候女孩还活着。"

"什么证人——可以告诉我吗?"

"布鲁伊斯小姐。斯塔布斯夫人让她给女孩送去了一些奶油蛋糕和果汁。"

"是海蒂让她去的吗?难以置信。"

"韦曼先生,你为什么不相信呢?"

"这不像她,她不会操心这种事。亲爱的斯塔布斯夫人只会关心她自己。"

"韦曼先生,我还在等你回答我的问题。"

"我四点十五到五点在哪儿是吗?呃,警督,说实话,这个问题有点突然。我在四处走动——不知你懂不懂我的意思。"

"在哪儿走动?"

"噢,没有确定的地点。我在草坪上逗留了一会儿,看当地人娱乐消遣,与一个焦急不安的电影明星搭话。后来我看够了,便沿着网球亭式看台走了一圈,思考着设计。我还在想,要多久才能有人看出,寻凶游戏第一条线索的那张照片里是一段网球网。"

"有人认出来了吗?"

"有,我看到有人去过那里,但是我当时没太注意。我想到了关于看台的一个好点子——一种可以妥善处理审美矛盾的方案,让我和乔治爵士都满意。"

"之后你去了哪儿?"

"之后?呃,我闲逛了一圈回到了屋子里。我去了码头,和老默德尔聊了一会儿,然后就回来了。我不知道确切的时间。正如我刚开始说的,我在四处走动!这就是我的回答。"

"好吧,韦曼先生,"警督快速回应道,"我希望我们可以证实你说的话。"

"默德尔可以证明我在码头和他谈过话。但那比你们感兴趣的时间点晚很多。我到那儿的时候肯定过五点了。你对我的回答很不满意,是吗,警督?"

"我想,我们应该可以缩小范围,韦曼先生。"

警督语气轻快,但隐藏了一种强硬的警示,年轻建筑师并没有忽略这一点,他坐在了一把椅子的扶手上。

"说正经的,"他说,"谁会杀死这个女孩呢?"

"韦曼先生,你觉得呢?"

"嗯,现在让我说的话,我觉得是那位一身紫色、神神秘秘的多产女作家。你看到她那身威严的紫色服装了吗?我猜她有点不正常,也许她觉得一具真尸会让这个寻凶游戏更精彩。你觉得呢?"

"韦曼先生,你是认真的吗?"

"这是我唯一能想到的可能性。"

"我还有一件事想问你,韦曼先生。今天下午你看到过斯塔布斯夫人吗?"

"我当然看到过她了。她穿得像杰奎斯·菲斯[①]或克里斯汀·迪奥[②]的服装模特,谁会忽略她呢?"

"你最后见到她是什么时候?"

"最后?我不知道。大约在三点半——也可能是四点十五分,我看到她在草坪上搔首弄姿。"

"之后你就没再看到她了吗?"

"没有,怎么了?"

"四点之后好像就没人看到过她了。我想,斯塔布斯夫人——失踪了,韦曼先生。"

"失踪了!我们的海蒂失踪了?"

"你似乎很惊讶。"

"是的,当然了……她在搞什么鬼?"

"韦曼先生,你和斯塔布斯夫人很熟吗?"

"我是四五天前才来这儿的,在那之前从未见过她。"

[①]杰奎斯·菲斯(Jacques Fath, 1912—1954),法国高级定制时装设计大师。后世知名的大师 Givenchy、Valentino、Guy Laroche 均是他的门下弟子。他与 Christian Dior 和 Pierre Balmain 一起被认为是二战后对高级定制时装最有影响力的三大设计师。
[②]克里斯汀·迪奥(Christian Dior, 1905—1957),世界著名时装品牌 Dior 创始人。他与 Jacques Fath and Pierre Balmain 一起被认为是二战后对高级定制时装最有影响力的三大设计师。

"你怎么评价她?"

"我想说,她清楚她自己的优势,"迈克尔·韦曼冷冷地说,"她是一个像花瓶一样的年轻女人,懂得如何充分利用自己的美貌。"

"但是智商不太高,是吗?"

"这得看你说的是哪方面的智商,"迈克尔·韦曼说,"我不觉得她聪明,但如果你觉得她头脑不清醒的话,那你就错了。"他语气里开始有一种挖苦的意味,"她头脑非常清醒。没有人比她更清醒。"

警督扬起眉毛。

"可大多数人并不这么认为。"

"因为某种原因,她喜欢装傻。我不知道为什么。但正如我刚才说的,在我看来,她头脑非常清醒。"

警督端详了他一会儿,然后说:

"在我说的时间段内,不能把你的行踪说得再具体点儿吗?"

"不好意思,"韦曼先生紧张急促地说,"我想我不能。我记性很差,从来记不住时间。"他接着说,"我可以走了吗?"

警督点了点头,他快速走出了房间。

"我想知道,"警督似乎是在对自己说,又像在对霍斯金斯说,"他和斯塔布斯夫人之间有什么过节。他是不是挑逗过斯塔布斯夫人,然后被拒绝了,或者他俩之间有过争吵。"他继续说道,"你说大家在这方面会怎样评价乔治爵士和他的夫人呢?"

"她很笨。"霍斯金斯警员说。

"我知道你是这么想的,霍斯金斯。可大家普遍都这么认为吗?"

"是的。"

"乔治爵士呢？大家喜欢他吗？"

"他非常受人爱戴。他是一名出色的运动员，而且了解一些种植方面的知识。老夫人给予他很多帮助。"

"哪个老夫人？"

"在门房住着的弗里亚特太太。"

"噢，当然了。这栋别墅之前是弗里亚特家族的，对吗？"

"是的，多亏了这位老夫人，乔治爵士和斯塔布斯夫人才会被接纳。她带他们认识了各地名流。"

"你觉得她这么做是有报酬的吗？"

"不，没有，弗里亚特太太不是这种人。"霍斯金斯急忙反驳道，"我知道在斯塔布斯夫人结婚之前她俩就认识了，而且是她极力劝说乔治爵士买下这座庄园的。"

"我得和弗里亚特太太谈谈。"警督说。

"啊，没错，她是位精明的老夫人。她对发生的每一件事都了如指掌。"

"我必须和她谈谈，"警督说，"我想知道她现在在哪儿。"

11

赫尔克里·波洛正在大客厅里与弗利亚特太太说话。之前,波洛走进客厅时,弗利亚特太太正倚在墙角的一把椅子上,她见波洛进来,神色慌张地站起身,但马上又回到座位上,咕哝着:

"噢,是你啊,波洛先生。"

"太太,真抱歉,打扰了。"

"没有,没有。没有打扰,只是有点儿累了,休息一下。上年纪了,这个打击——对我来说太大了。"

"我理解,"波洛说道,"我真的理解。"

弗利亚特太太的小手里紧握着一块手帕,双眼凝视着天花板,她说话时明显在用力控制着自己的情绪。

"我不能再去想了。多么可怜的姑娘,多么可怜,可怜的姑娘——"

"我知道。"波洛回应道,"我知道。"

"年纪轻轻的,"弗利亚特太太说,"她的人生才刚刚开始。"她又说,"我不能再去想了。"

波洛好奇地打量着她,他觉得她与下午早些时候相比,似乎老了十岁,他刚来那会儿,她亲切地和进来的客人们打着招呼,但现在她的脸色憔悴不堪,脸上显现出一道道清晰的皱纹。

"太太,你昨天跟我说过,这是一个非常邪恶的世界。"

"我说过吗?"弗利亚特太太仿佛大吃一惊,"对……我说过……我现在才意识到这个世界怎么变成了这个样子。"

她压低声音补充道:"但是我从来没想到会发生这种事情。"

他再一次好奇地打量着她。

"你说不会发生这种事情,那会发生别的事情?"

"不,不,我不是这个意思。"

波洛不肯罢休,继续问道:

"但是你的确感觉有事儿要发生,不正常的事。"

"你误会我了,波洛先生。我的意思是人们最不希望在举行活动时发生什么不幸的事儿。"

"今早斯塔布斯夫人也提到过邪恶。"

"海蒂说过?好吧,不要跟我提她,不要跟我提她。我不愿想起她。"她沉默了片刻,接着说道,"关于邪恶,她都说了些什么?"

"她说起过她的表哥艾迪安·德索萨,她说他阴狠歹毒,不是什么好人。她还说怕他。"

他看着弗利亚特太太,但是她只是怀疑地摇了摇头。

"艾迪安·德索萨,他是谁?"

"对了,我给忘了,弗利亚特太太。你没跟我们一起吃早餐。斯塔布斯夫人收到了她表哥的一封信,但她自从十五岁以后就再没见过这个表哥。他在信中说今天打算来看望她,就在今天下午。"

"那他来了吗?"

"来了,大约四点半到的。"

"这样啊,是不是从渡口小路走过来的那个小伙子,长相帅气、皮肤黝黑的那个?我当时还纳闷他是谁呢。"

"是的,太太,他就是德索萨先生。"

波洛干脆利落地说道。

"如果我是你,我一定不会在意海蒂的话。"她激动地说了起来,而波洛在一旁诧异地看着她,她涨红了脸,"她就像个孩子,我的意思是说的话像个孩子,评论人的时候,说这个坏,说那个好,一点儿都不遮掩。如果我是你,我就不会把她说她表哥的话放在心上。"

波洛迟疑了片刻,慢吞吞地问道:

"你是不是十分了解斯塔布斯夫人?弗利亚特太太?"

"我对她的了解跟别人差不多,不过有可能比她的丈夫对她的了解要深。可那又怎么样?"

"那她人究竟怎么样,太太?"

"你这个问题非常奇怪,波洛先生。"

"太太,你知不知道斯塔布斯夫人失踪了?"

她的回答再次让他吃了一惊,因为她表现得漠不关心,无动于衷。她说:

"这么说她已经离家出走了是吗?我想是这样。"

"你似乎觉得这件事习以为常,是不是?"

"习以为常?嗯,我不知道。海蒂有点儿不负责任。"

"你觉得她出走是因为良心上过不去吗?"

"你这是什么意思,波洛先生?"

"今天下午她的表哥还说起过她,无意中提到她智力有些不正常。太太,想必你也知道,智力不正常的人往往控制不了自己的行为。"

"你到底想要说什么,波洛先生?"

"就像你说的,这些人头脑很简单,像孩子一样。一旦脾气上来，他们甚至可能杀人。"

弗利亚特太太突然情绪失控，朝他发起火来，说：

"海蒂绝不是这样的人！我不允许你这样说她。她是一个性格温顺、热心肠的姑娘，虽然头脑有点儿简单，但是她绝对不会杀人的。"

弗利亚特太太怒视着波洛，呼吸急促。

波洛感到不解，完全摸不着头脑。

这时，霍斯金斯突然闯了进来。

他用一种抱歉的口吻说道：

"太太，我一直在找你。"

"晚上好，霍斯金斯。"弗利亚特太太再次表现出很镇定的样子，拿出纳斯庄园女主人的姿态说，"找我什么事儿？"

"警督托我来问候你，他想跟你谈谈——如果你身体允许的话。"霍斯金斯赶紧加了一句话。跟赫尔克里·波洛一样，他也注意到了这次事件对她的打击和影响。

"身体当然允许。"弗利亚特太太站了起来。她跟着霍斯金斯走出了房间。波洛礼节性地站起身，然后又坐了下来，眉头紧锁，双眼凝视着天花板。

弗利亚特太太进来的时候，警督站起身，一旁的警员拉出椅子请她坐下。

"真抱歉给你添了不少麻烦，"布兰德说，"但我想你了解四邻八舍的人，这可能会对案件有帮助。"

弗利亚特太太微微一笑说："我想这儿的人我都认识，你想要了解什么，警督先生？"

"你认识塔克一家吗?这家人和那个姑娘?"

"哦,认识,他们一直都是庄园的租客。塔克太太是她家族里年纪最小的。她哥哥是我们的花匠工头,她嫁给了农场工人阿尔弗雷德·塔克,这个人傻乎乎的,但心眼很好。塔克太太有点泼辣,但她是个尽职尽责的家庭主妇,会把房子打扫得一尘不染。她不准塔克穿着沾满泥土的靴子到厨具碗碟存放室以外的地方走动。还有其他类似的事儿。她总爱在孩子面前唠叨,她们家多数孩子如今都已结婚,也参加工作了。就剩下这个可怜的姑娘玛琳和三个年纪比较小的孩子,其中两个男孩、一个女孩,都还在上学。"

"现在,按照你对这一家人的了解,弗利亚特太太,你认为玛琳为什么会被杀?"

"想不明白,我确实不知道,这真的让人难以置信,希望你明白我的意思,先生。她没有男朋友,也没有与她暧昧的人,或许我不该这样想。总之,从未听说过有这种事情。"

"参与此次寻凶游戏的人你了解吗?能跟我说说吗?"

"可以,以前我从来没见过奥利弗夫人。她并不像我想象得那类犯罪小说家。可怜的人啊,她对这起谋杀案感到心烦——不过这也在情理之中。"

"那么其他助手呢?比如沃伯顿上尉?"

"对于他为什么要杀玛琳·塔克这个问题,如果你这么问我的话,我想不出任何理由。"弗利亚特太太泰然自若地说,"我非常不喜欢这个人,他像狐狸一样狡猾,但如果他是一名政客的话,肯定会玩弄一些政治把戏。他精力充沛,为筹办这次游园会也特别卖力。总之,我认为他不会谋杀那个姑娘,因为他今天下午一直在草坪上。"

警督点了点头。

"莱格夫妇呢?你了解他们一家吗?"

"他们是一对年轻夫妇,待人十分友好。莱格先生算是我说的那种性格——喜怒无常。我对他不是太了解。莱格太太婚前姓卡斯泰尔斯,我对她家的人很了解。磨坊茅庐他们租了两个月,在那里度假,我希望他们过得愉快。我们在一起时非常和睦。"

"我听说莱格太太是一位魅力十足的女士。"

"是的,非常有魅力。"

"你认为乔治爵士会不会对她动心?"

弗利亚特太太看起来格外惊讶,说:

"哦,不会的。我敢保证没那回事。乔治爵士全身心投入到他的工作中,而且非常爱他的妻子,他根本不是那种拈花惹草的男人。"

"就是说,斯塔布斯夫人和莱格先生之间也没有任何瓜葛吗?"

弗利亚特太太再次摇了摇头。

"没有,肯定没有。"

警督不肯罢休,继续问道:

"你觉得乔治爵士跟他太太之间有没有什么嫌隙?"

"肯定没有。"弗利亚特太太明确回答道,"如果有的话,肯定瞒不住我。"

"斯塔布斯夫人的离家出走会不会是因为夫妻不合?"

"不会的。"弗利亚特太太淡淡地回道,"要我说是那个傻姑娘不想见到她表哥,她有点童年恐惧症,所以她就出走了,就像个孩子一样。"

"那是你的看法,没有别的证据吗?"

"嗯,没有。我觉得她很快就会回来的,她肯定会不好意思。"弗利亚特太太漫不经心地补充道,"顺便问一下,她的表哥怎么样了?还在庄园里吗?"

"我想他已经回到他的船上去了。"

"就是停靠在赫尔茅斯的那艘船吗?"

"是的。"

"哦,"弗利亚特太太回答道,"唉,这也太不幸了。海蒂表现得也真是幼稚。但是,如果他在这待上一两天,我们会让她表现得得体点儿。"

警督认为这是要他回答问题,尽管注意到了这点,但他没有回应。

"你可能会想,"他说,"刚才这些问题跟这起案子根本没关系,但是你应该理解我们为什么这么问,不是吗?弗利亚特太太,我们的调查范围是很广的,比如布鲁伊斯小姐,你对她了解吗?"

"是的,她是位十分出色的秘书,但远不止是秘书。实际上,她在这儿相当于女管家。要是缺了她,我可不知道他们会怎么办。"

"乔治爵士娶他妻子之前,她就是乔治爵士的秘书了吗?"

"好像是,但我不太确定。她随乔治爵士一家来这儿以后我才认识她的。"

"她是不是一点儿也不喜欢斯塔布斯夫人?"

"你说得对。"弗利亚特太太说,"恐怕是这样。我认为凡是优秀的秘书没有几个会喜欢老板妻子的,希望你明白我的意思。或许,这是自然而然的事。"

"是你还是斯塔布斯夫人吩咐布鲁伊斯小姐将蛋糕和果汁送给船库里的那位姑娘的?"

弗利亚特太太看起来有些惊讶。

"我记得布鲁伊斯小姐拿了一些蛋糕之类的东西，说要送给玛琳。但我不清楚是不是有人吩咐她这么做，或者这样安排。但那人绝对不是我。"

"我明白了。你说你从下午四点开始就一直在茶棚里。我想莱格太太那个时候也在茶棚里喝茶吧。"

"莱格太太？没有啊。至少我不记得在那儿见过她。实际上，我肯定她不在那儿。那天从托基驶来的大巴上下来了很多人，我记得我坐在茶棚里四处环顾，猜想他们一定是夏季游客，都是些我不认识的生面孔，我认为莱格太太一定是之后才来的茶棚。"

"哦，好吧。"警督说，"没关系。"他很自然地补充道。"好的，今天就到这儿吧。谢谢你，弗利亚特太太，你真是太好了。我们希望斯塔布斯夫人不久就会回来。"

"我也希望如此。"弗利亚特太太说，"这孩子太不懂事了，让我们这么担心。"她轻快地说着，但是声音里的活泼显得格外不自然。"我确定，"弗利亚特太太说，"她不会有事的，不会有事的。"

就在这时，门开了，一位迷人的年轻女郎走了进来。她有一头红红的头发，脸上长有雀斑，进门后说：

"听说你在找我？"

"这位是莱格太太，警督先生。"弗利亚特太太说，"莎莉，亲爱的，我不知道你是否听说了那件可怕的事情。"

"是的，听说了！太可怕了，不是吗？"莱格太太说。她叹了口气，显得很疲惫，弗利亚特太太刚离开房间，她就一屁股坐到了椅子上。

"对此我深表遗憾。真让人难以置信，希望你明白我的意思，我恐怕帮不上什么忙。你知道,整个下午我都在占卜,所以根本不清楚发生了什么事。"

"我知道,莱格太太,但我们必须例行公事,请你配合我们回答一些问题。比如,下午四点十五到五点之间你在哪儿?"

"嗯,我下午四点的时候在喝茶。"

"在茶棚吗?"

"是的。"

"我想当时茶棚里非常挤吧?"

"是的,挤得有点吓人。"

"在那儿你碰到熟人了吗?"

"哦,几个上了年纪的人,不过,没跟他们说话,天哪,当时我特别想喝口茶!那时正好下午四点。我在下午四点半的时候回到了占卜棚里,继续给人占卜。鬼知道我最后向那些女人都扯了些什么好运。百万富翁丈夫,好莱坞电影明星——天晓得还有什么。只不过是天方夜谭罢了,那些平日里疑心颇重的黑人妇女反而很好糊弄。"

"在你外出的这半个小时里都发生了什么?——我的意思是,假如有人想找你占卜怎么办?"

"哦,我在棚外挂了个牌子,上面写着'四点半回来'。"

警督在本子上做了记录。

"你最后一次见到斯塔布斯夫人是什么时候?"

"海蒂吗?我真的不知道。我从占卜棚出来去喝茶的时候,她就在我旁边,但是我没跟她说话。我不记得之后什么时候再见过她。刚刚有人告诉我她失踪了,是真的吗?"

"是的。"

"这样啊。"莎莉·莱格高兴地说,"你知道吗?她在顶楼的时候就有点儿古怪,我敢说这里发生的谋杀案把她给吓着了。"

"好的,谢谢你,莱格太太。"

莱格太太一听到这话便匆匆起身,她出去的时候在门口与赫尔克里·波洛擦肩而过。

警督双眼盯着天花板,说道:

"莱格太太说那天下午四点到四点半在茶棚里。弗利亚特太太说从四点开始就在茶棚里帮忙,但是未见到莱格太太。"他停顿了一会儿,继续说,"布鲁伊斯小姐说是斯塔布斯夫人让她拿一盘蛋糕和一杯果汁给玛琳·塔克的。迈克尔·韦曼说斯塔布斯夫人绝对不可能这么做——这一点儿也不像她的性子。"

"啊,"波洛说,"这些话真是自相矛盾!不过,这是常有的事。"

"要想理清这些真是很麻烦。"警督说,"有时候,有些线索很关键,但十之八九是没用的。唉,我们还有大量的准备工作要做,这一点是肯定的。"

"朋友[①],你现在有什么想法?最新的想法?"

"我想,"警督严肃地说,"玛琳·塔克看到了一些她不该看到的东西。我认为正是因为这样她才会死于非命。"

"你说得有道理,"波洛说,"关键是她到底看见了什么?"

"她可能目睹了谋杀过程,"警督说,"或者她可能看到了凶手。"

"谋杀?"波洛说,"谋杀谁?"

---

① 原文为法语。

"你说呢,波洛先生?斯塔布斯夫人如今是生是死?"

波洛思考了片刻,然后回答道:"朋友①,我认为斯塔布斯夫人已经遇害了。我告诉你我为什么这么想,因为弗利亚特太太认为她死了。是的,现在无论她说什么或者假装有什么想法,弗利亚特太太都坚信海蒂·斯塔布斯已经死了。"波洛补充道,"弗利亚特太太知道很多我们不知道的事。"

---

①原文为法语。

12

第二天一早,赫尔克里·波洛下楼吃早餐,发现餐桌上没有几个人。奥利弗夫人仍然对昨天的谋杀事件心有余悸,于是在卧室里用餐。迈克尔·韦曼一大早喝了一杯咖啡就出门了。只有乔治爵士和忠心耿耿的布鲁伊斯小姐还在餐桌上。不过,乔治爵士没有胃口,这说明他的精神状况不好,摆在面前的早餐他几乎一点儿没动。布鲁伊斯小姐将一小摞信件放在他面前,他打开信件之后就推到了一边。他茫然地喝着咖啡,整个人都十分恍惚。

"早上好,波洛先生。"敷衍的一声问好之后,他便又沉浸在自己的心事中,有时他会突然发出几声咕哝。

"怎么可能呢!这他妈什么事啊!她会去哪儿呢?"

"死因调查询问定在周四。"布鲁伊斯小姐说,"他们打电话通知的。"

她的雇主看着她,似乎没听明白。

"死因调查询问?"他问,"啊,知道了。"他听起来有些失魂落魄又有些落寞,于是又抿了一两口咖啡,说道:"女人心,海底针,她知道自己在做什么吗?"

布鲁伊斯小姐噘起嘴。波洛敏锐地觉察到她神经十分紧张。

"霍奇森今天上午要来见您,"她补充道,"和您商谈农场挤奶棚的通电问题。中午十二点还有——"

乔治爵士打断了她的话。

"我谁也不见,都给我推掉!一个男人担心妻子的安危都快发疯了,哪里还有什么心情去谈生意?"

"既然您这样说了,乔治爵士。"布鲁伊斯小姐的语气如出庭的律师一般,"那就一切遵照您的意愿吧。"她的话语间明显透着不满。

"我真不知道,"乔治爵士说道,"女人们脑子里都想些什么,她们什么蠢事都干得出来!你说呢?"他转向波洛问道。

"女人啊[①]?确实让人猜不透。"波洛挑起一边的眉毛,举起双手表示赞同。布鲁伊斯小姐听到这话气急败坏地直喘粗气。

"她看上去没什么事儿,"乔治爵士说,"对新戒指喜欢得要死,还盛装打扮参加游园会。一切如往日一般。我们没吵架也没埋怨对方。结果她一声不吭就走了。"

"乔治爵士,那这些信件?"布鲁伊斯小姐开口道。

"都见鬼去吧。"乔治爵士脱口而出,将咖啡杯推向旁边。

他捡起餐盘旁的信,半递半扔地给了布鲁伊斯小姐。

"回信你想怎么写就怎么写,别来打扰我。"他没有停下来,不过更像是自言自语,听上去像是受了伤,"我真的不知道我还能做什么……甚至不知道那些个警察有没有用,只是话说得倒是好听,就这点儿本事。"

"我认为警察办事效率很高,"布鲁伊斯小姐说,"他们有充足的人力物力,用来追查失踪人员的下落。"

"有时候,连离家出走躲进干草垛的可怜孩子好几天都找不到。"乔治爵士说。

[①]原文为法语。

"我认为斯塔布斯夫人不可能藏在草堆里,乔治爵士。"

"我什么忙都帮不上,"心烦意乱的丈夫不断重复着,"对了,你看这样行不行,我在报纸上刊登一则寻人启事。阿曼达你帮我记下来。"他停下来想了一会儿,"海蒂,快回家。心急如焚的乔治。阿曼达,把这内容刊登在所有报纸上。"

布鲁伊斯小姐讥讽地说:

"斯塔布斯夫人一般不读报纸,乔治爵士。她不关心时事,世界上发生什么事她都不在乎。"她接着又说,语气有些刻薄,但乔治爵士没心思去管她刻不刻薄,"当然,你可以把这则寻人启事刊登在《时尚》杂志上。那样她有可能会看到。"

乔治爵士淡淡地说道:

"记住,能刊登的地方都刊登上。"

他起身向门口走去,手放在门把上刚要开门,突然停了下来,往后退了几步。他直接转向波洛。

"嘿,波洛,"他说,"你不会认为她死了吧?"

波洛双眼盯着他的咖啡杯,回答道:

"乔治爵士,我想说,任何假设都为时过早,目前我们没有理由做出这种假设。"

"哦,你就是这么认为的,"乔治爵士沉重地说道。"不过,"他驳斥道,"我不那么认为,我相信她一定会平安无事的。"他反复点着头,极力表明自己赞成这一看法。然后,他走了出去,"嘭"的一声关上了门。

波洛往面包上抹着黄油,一副若有所思的表情。每次只要出现妻子被谋杀的情况,他总是本能地怀疑丈夫。同样,如果遇害的是丈夫,他会怀疑妻子。但是,在这起案件中,他却没有怀疑乔治爵士。根据他对夫妻两人的观察,他确信乔治爵士对妻子爱得很深。此外，凭着他超强的记忆力，他确信乔治爵士整个下午都在草坪上，直到自己与奥利弗夫人一起发现了尸体。当他和奥利弗夫人从船库回来时，乔治爵士还在草坪上。肯定不是他，他和海蒂的死毫不相干。当然了，如果海蒂真的遇害了的话。毕竟，波洛告诉自己，到目前为止仍然没有证据表明海蒂已经死亡。他刚才对乔治爵士说的话是他真实的想法。但是在他看来，海蒂遇害已成定局。他认为，这就是一种谋杀模式——双重谋杀。

布鲁伊斯小姐含着眼泪，毒液般的话语打断了他的沉思。

"男人都是蠢货，"她说，"蠢透了！精明一世，糊涂一时，在娶妻的问题上犯傻。"

波洛总希望别人多说，与他说话的人越多越好，话说得越多越好，俗话说，言多必失。

"你觉得这是一段不幸的婚姻吗？"他问。

"灾难——天大的灾难！"

"你的意思是，他们在一起不幸福？"

"她在方方面面都给他带来了很坏的影响。"

"这倒挺有意思，什么样的坏影响？"

"任她呼来唤去，向他索要昂贵的礼物——珠宝多得一辈子都戴不完。还有毛皮大衣，两件貂皮外套，一件俄罗斯貂皮大衣。我就不明白，一个女人要两件貂皮大衣干什么？"

波洛摇了摇头。

"那我就不知道了。"他说。

"狡猾，"布鲁伊斯小姐继续说，"欺骗！总是装傻，尤其有别人在场的时候。我想是因为她自认为他喜欢她那种做法吧。"

"他喜欢她的那种做法吗？"

"噢，男人！"布鲁伊斯小姐变得几乎歇斯底里，声音颤抖，"男人不会欣赏办事效率！不懂什么叫无私奉献！不懂什么是忠诚！所有这些品德都不懂！如果乔治爵士娶的是个聪明能干的妻子，他早就出人头地了。"

"怎么出人头地？"波洛问道。

"他可以在地方上谋个一官半职，甚至当国会议员。他的能力远远超过那个可怜兮兮的马斯特顿先生。我不知道你是否听过马斯特顿先生在台上演讲——吞吞吐吐，结结巴巴，平淡乏味。他能有今天的地位全仰仗他的妻子。一个成功男人的背后往往会有一个了不起的女人。她干劲十足，积极进取，极具政治敏锐性。"

波洛一想到娶马斯特顿太太这样的妻子内心就不由自主地颤抖，但打心眼儿里十分同意布鲁伊斯小姐的话。

"是的，"他说，"她就是你说得那样，一个可怕的女强人。"他喃喃自语道。

"乔治爵士看起来没有什么野心，"布鲁伊斯小姐继续说，"他似乎满足于目前的生活，没事溜达溜达，当个乡绅，偶尔去趟伦敦参加理事会，仅此而已，但凭他的能力可以做得更好，更有出息。他是一个非常杰出的人才，波洛先生。他妻子根本不懂他。她只不过把他当作一部机器，一部专门生产毛皮大衣、珠宝和价值连城的服装的机器。他要是娶了个真正赏识他能力的妻子……"布鲁伊斯小姐顿时停住，她的声音正莫名地颤抖。

波洛看着她，心生同情。布鲁伊斯小姐爱着她的雇主。她忠心耿耿，无私奉献，但她的老板可能从未察觉到，又或许压根儿就不感兴趣。对于乔治爵士来说，阿曼达·布鲁伊斯就是一台高效率的机器，能够处理一切日常琐事，为雇主分忧解难，接电话、写信、分配仆人、订餐均不在话下，能将他的生活和工作打理得井井有条。波洛怀疑乔治爵士是否把她当作女人来看。波洛认为，如果是这样的话，就有危险了。如果一个女人为一个男人默默地奉献，而这个男人对她熟视无睹，女人心中的积怨就会不断加重，早晚会出事。

"阴险狡诈，诡计多端，精明狠毒，她就是这样的女人。"布鲁伊斯小姐带着哭腔说道。

"你的意思是说她还没遇害？"波洛说道。

"当然没死！"布鲁伊斯小姐轻蔑地说道，"跟一个男人跑了，她肯定干得出来，她就是那种人。"

"有可能，真有可能。"波洛说道。他又拿起一片面包，沮丧地看了看橘子酱罐，然后朝桌子另一头望去，看看还有什么其他果酱。结果什么也没有，他只好无奈地摇了摇头，往面包上抹了点黄油。

"这是唯一的解释，"布鲁伊斯小姐说道，"当然，他肯定不会这么想。"

"她有没有……男人……方面的什么麻烦？"波洛很巧妙地问了一句。

"她非常聪明。"布鲁伊斯小姐说。

"你是说你没有发现过那种事儿？"

"她做事一向谨慎，我可看不出来。"布鲁伊斯小姐回答道。

"但是你觉得可不可能有些，我该怎么说呢，背地里的勾当？"

"她费尽心机地愚弄迈克尔·韦曼。"布鲁伊斯小姐说，"她在这种季节带他去山茶花园看花！假装自己对网球亭式看台感兴趣。"

"毕竟，这是他来这里要做的事。我知道乔治爵士建这座网球亭式看台主要是想取悦他的妻子。"

"但是她不会打网球,"布鲁伊斯小姐接着说,"她什么运动都不会,就是想要在一个引人注目的地方待着,看着别人跑来跑去。就是这样的,她费尽心机地欺骗迈克尔·韦曼。如果他不是因为有别的'情况',她或许就得逞了。"

"噢!"波洛说道,自己随手拿了一点橘子酱,抹在面包的一角,迟疑地咬了一口。"这么说他有别的'情况'?我是说韦曼先生。"

"是莱格太太把他介绍给乔治爵士的,"布鲁伊斯小姐说,"她结婚前就认识他。据我所知是在切尔西认识的。要知道,她过去经常画画。"

"她看上去年轻漂亮,有魅力,有智慧。"波洛试探性地说。

"嗯,是的,她十分聪慧。"布鲁伊斯小姐说,"她受过大学教育,我敢说她要是没结婚的话,一定会干出一番事业。"

"她结婚很长时间了吗?"

"我想大约有三年了吧。但我认为他们的婚姻并不美满。"

"难道婚姻不和谐吗?"

"她丈夫很古怪,喜怒无常,总爱一个人到处闲逛,我听说他有时候会对她发脾气。"

"哦,这样啊,"波洛说,"吵架,和解,这事儿发生在新婚夫妇身上很常见,要是没有这些,生活可能会变得无聊乏味。"

"自从迈克尔·韦曼来这儿以后,他们俩在一起度过了很长时间。"布鲁伊斯小姐说,"我觉得在她嫁给亚历克·莱格之前,他就爱上了她。我敢说她就是想私底下跟他调情。"

"但是莱格先生对此很不满,是不是?"

"没人知道,他老是含糊其词。但我觉得他近来比往常更加喜怒无常。"

"他有没有可能爱慕斯塔布斯夫人？"

"我敢说斯塔布斯夫人肯定是这么认为的。她觉得自己只要朝任何男人勾勾指头就能让他们爱上她！"

"不管怎样，按照你的推断，如果她跟一个男人跑了的话，那男人应该不是韦曼先生，因为他还在这儿。"

"我敢肯定就是她暗地里勾搭的人，"布鲁伊斯小姐说，"她经常从家里偷偷溜出去，自己跑到树林里。她最后一次出去是在前天晚上，她本来打着哈欠说要上床睡觉，可不到半个小时之后，我就看到她从侧门偷偷地溜了出去，而且头上还裹着围巾。"

波洛若有所思地打量着他面前的这个女人。他想知道布鲁伊斯小姐所说的关于斯塔布斯夫人的这番话是否可靠，或许完全是她单方面的妄想。他确定弗利亚特太太不会同意布鲁伊斯小姐的看法，因为弗利亚特太太比布鲁伊斯小姐更加了解海蒂。如果斯塔布斯夫人跟情人跑了的话，就正中了布鲁伊斯小姐的下怀。她肯定会留下来安慰被遗弃的丈夫，赶快为他安排离婚事宜。但事实上却不是这样，也不可能是这样。如果海蒂·斯塔布斯跟情人跑了的话，她选择的这个时机可有点儿古怪，波洛心想。在波洛看来，他并不相信她会这么做。

布鲁伊斯小姐抽了下鼻子，然后将散落的信件收了起来。

"如果乔治爵士真的想要刊登寻人启事的话，我只好照办了，"她说，"完全没有任何意义，浪费时间。""啊，早上好，马斯特顿太太。"门打开后，马斯特顿太太威风凛凛地走进来，她补了一句问候。"我听说死因调查询问定在周四，"她声音很大，"早上好，波洛先生。"

布鲁伊斯小姐停顿了片刻，此时她手里正拿着一摞信件。

"有什么我能为你做的,马斯特顿太太?"她问道。

"没有,谢谢你,布鲁伊斯小姐。我想你今天上午一定很忙,但是我想要为你昨天的杰出工作表示感谢。你组织得非常好,工作都很到位。我们对你都很感激。"

"谢谢你,马斯特顿太太。"

"那你就去忙吧,我想坐下来跟波洛先生说几句话。"

"非常荣幸,太太。"波洛说。他起身鞠了一躬。

马斯特顿太太拉出一把椅子坐了下来。布鲁伊斯小姐离开房间,又恢复了她往日精明强干的样子。

"这女人可真了不起,"马斯特顿太太说,"真不知道斯塔布斯一家没她可怎么办。现如今,打理一个家要花不少精力。可怜的海蒂应付不来。这事太离奇了,波洛先生,我来就是想问问你是怎么看的。"

"那你是怎么看的呢,太太?"

"好吧,人人都不想面对这样闹心的事,但是我必须说,附近肯定有个人心理有病,希望不是当地人,可能是从精神病院里出来的——他们总是不等精神病人痊愈就让他们出院。我的意思是,一般人是不会去勒死那个塔克家的姑娘的。我是说没有任何动机,除非凶手是个变态。如果是变态,无论他是谁,我敢说都有可能勒死那个可怜的姑娘,海蒂·斯塔布斯。她不太会动脑筋,可怜的孩子。如果她遇见一个看上去正常的男人,他让她到树林里看什么东西,她可能乖乖地就去了,不会猜疑什么,而且会十分听话。"

"你觉得她的尸体在庄园里吗?"

"是的,波洛先生,我是这样想的。只要他们四处搜寻一下就会找到的。信不信由你,就在方圆六十五英亩的树林里,如果尸体被拖到灌木丛里或者沿着斜坡跌落至树林深处,那可得费一番功夫去寻找,所以他们需要猎犬帮忙。"马斯特顿太太说道,她说话的时候看起来简直就是一只猎犬,"猎犬!我真应该给警察局局长打电话说一下。"

"你很有可能是对的,太太。"波洛说。这显然是别人唯一能对马斯特顿太太说的一句话了。

"那当然了,我说的还能有假,"马斯特顿太太说,"但是我必须说,你知道的,这件事让我感觉非常不安,因为那个作案的人就在附近的什么地方。一会儿我就到村里去召集大家说这个事儿,提醒村里的母亲们要看护好自己的女儿,不要让她们单独出去。波洛先生,凶手就在我们周围,这会弄得人心惶惶。"

"你说得对,太太。不过,一个陌生男子是如何获得许可进入船库的呢?他得有钥匙才能进去啊。"

"噢,这,"马斯特顿太太说,"这很简单,当然是她自己从船库出来的。"

"自己从船库里出来?"

"是的,我想她当时感觉无聊,女孩子都这样。然后出来溜达溜达,四处看看。最有可能的是,她看到了海蒂·斯塔布斯被谋杀的场面,听见打斗之类的声音,然后就想去看个究竟,那个凶手解决掉斯塔布斯夫人之后,自然要去杀她灭口。事后把她拖回船库,丢在那儿然后关上门离开,这对凶手来说简直就是小菜一碟。那是把弹簧锁,一拉就锁上了。"

波洛轻轻地点了一下头。他并不想去跟马斯特顿太太争论,或者指出她完全忽略了一个有趣的事实,即,如果玛琳·塔克是在船库外面被杀的,那么,这个凶手一定十分熟悉寻凶游戏规则,才会将她拖回到游戏规定的地方。他反而客气地说了一句:

"乔治·斯塔布斯爵士坚信他的妻子还活着。"

"是的,他是那么说的,因为这是他期望的结果。他很爱妻子,你知道的。"她又补充了一句让人颇感意外的话,"不管他是什么出身,有什么背景,我还是挺喜欢他的,他在郡上的人缘也很不错。他最大的缺点就是有点势利。不过,摆摆绅士架子没什么害处。"

波洛冷笑道:"太太,如今有钱和出身高贵都同等重要了。"

"亲爱的先生,我十分赞同你的观点。他根本没必要势利——只要花钱把这个地方买下,把该花的钱花到位,大家自然就会登门拜访。其实,他这个人很受大家欢迎,并不是因为他有钱。当然,艾米·弗利亚特跟这件事有关,是她给他提供了大量的帮助,要知道她在社会上有一定的影响力。再说了,早在都铎时代[①],这里就已经有弗利亚特家族了。"

"纳斯庄园一直都是弗利亚特家族的产业。"波洛咕哝道。

"是的。"马斯特顿太太叹气道,"据说战争期间征收高额税,年轻一代惨死在了战场上。遗产税等问题都相继出现。无论谁来这里都无法负担庄园的开销,没办法,只好卖掉。"

"虽然弗利亚特太太失去了房产,但是她依然住在庄园里。"

"是啊,而且还把门房收拾得那么迷人。你进去过吗?"

"没有,在门口就和她道别了。"

"不是每个人都能做到的,"马斯特顿太太说,"住在自己以前庄园的门房里,看着别人住着自己的别墅。但是平心而论,我认为艾米·弗利亚特并不觉得痛苦。事实上,她掌控着一切。毋

[①]英国历史朝代(1485—1603),由亨利七世开创。都铎王朝统治英格兰王国直到一六〇三年伊丽莎白一世去世为止,共经历了六代君主。都铎王朝处于英国从封建主义向资本主义过渡时期,被认为是英国君主专制历史上的黄金时代。

庸置疑,是她向海蒂灌输住在这儿的想法,然后让海蒂说服乔治·斯塔布斯搬来这里的。我认为艾米·弗利亚特最不能容忍的事情就是目睹这座庄园变成旅社会所,或者被改建。"她站起身来,"好了,我得走了。我还有很多事情要做。"

"是的。你还要跟警察局局长说说警犬的事儿。"

马斯特顿太太突然开怀大笑,声音如犬吠一般。"我曾经养过猎犬。"她说,"大家都说我自己就有点儿像只猎犬。"

波洛微微一怔,但她很快就察觉到了。

"我敢肯定你也是这么想的,波洛先生。"

13

马斯特顿太太离开之后,波洛便走了出去,溜达着穿过树林。此时他全身的神经变得极为异常,心中有股抵挡不住的欲望促使他去察看所有灌木丛,而且将所有杜鹃花灌木丛视为可疑的藏尸地。最后他来到那座怪建筑前,走进去坐在了石凳上,让自己习惯穿着紧紧的漆皮尖头皮鞋的双脚休息一下。

透过树林,他能看到河面上泛着丝丝微光,也能看到对面河岸上长满了树木。他发现自己十分认同那位年轻建筑师的观点,此地不应建造这么一座奇怪的建筑。当然,可以在树林里开辟出一块空地,但这样做视野依旧不会太好。而且,正如迈克尔·韦曼所说,房屋附近有一条河,河岸上长满了青草,两岸景色宜人,河水一直流向赫尔茅斯,在这里建一座装饰性建筑是最好不过了。波洛的思绪飞转,从赫尔茅斯想到"希望"号游艇,又想到了艾迪安·德索萨。整个案情肯定有某种模式,但究竟是何种模式,他想象不出来。星星点点的线索有了,却连不起来。

他发觉眼前似乎有东西在闪烁,于是弯腰捡了起来。这个闪光的东西掉在了水泥地上的一个裂缝里。他把它放在掌心,仔细地瞧着,感觉似曾相识。是手链上的一个金色的小吉祥物坠儿,他蹙眉思索着,脑海里浮现出一幅画面,一只手链,一只黄金手链,上面挂着一些装饰的小吉祥物。他好像再次回到帐篷里,朱莱卡夫人，也就是莎莉·莱格，正在说黑人妇女和跨洋旅行，还说字母预示着好运。是的，当时她手上就戴着一只金手链，上面挂着各种各样的小饰坠儿。这种现代的时尚装饰和波洛小时候的装饰风格一样。或许正是因为这个原因他才对其印象深刻吧。可以据此推测，莱格太太不知什么时候来过这儿，就坐在这儿，手链上的小坠儿掉了，她可能都没注意到，可能就在昨天下午……

波洛正这样想着，突然听到外面传来脚步声，他猛然抬起头。有个人转到那座怪建筑前突然停住了脚步，看到波洛时吓了一跳。波洛仔细地上下打量着这个体型偏瘦、长相清秀的小伙子，他上身穿着一件印着各种姿势的乌龟和海龟图案的衬衫。没错，就是这件衬衫。他昨天曾仔细观察过，当时穿这件衬衫的人正在玩打椰子游戏。

他注意到，这小伙子显得很慌张，行迹十分可疑。他用外地口音快速说道：

"请原谅，我不知道——"

波洛朝他微微一笑，但用一种责备的口气说：

"恐怕，"他说，"你擅闯私宅了。"

"是的，对不起。"

"你从旅舍过来？"

"是的，是的，我是从旅舍过来的。我本想从这儿穿过树林到码头去。"

"恐怕，"波洛温和地说，"你要原路返回了，这儿没有直通码头的路。"

这小伙子又连连道歉，咧开嘴赔笑着。

"对不起，真对不起。"

他鞠了一躬就转身离开了。

波洛从怪建筑出来,回到小路上,一直看着那个小伙子往回走。当走到小路尽头时,他回头瞟了一眼,发现波洛正盯着自己,小伙子加快了脚步,消失在拐弯处。

"好吧①,"波洛自言自语着,"我看见的是凶手吗?"

那小伙子昨天一定在游园会上,他与波洛相撞的时候还面带怒容。可以很肯定地说,他一定非常清楚树林里没有直通渡口的路。如果他的确是在找一条通向渡口的路,他肯定不会走怪建筑前的这条,而应该沿着小河附近的低地走。而且,他到怪建筑时的表情仿佛是前来赴约的,但在约会地点的人不是他要见的,所以十分吃惊。

"肯定就是这样,"波洛自言自语道,"他来这儿是为了见某个人。他到底要见谁呢?"他好像才想起这个问题,"为什么而来呢?"

他漫步到小路的拐弯处,看了看那条通向树林的蜿蜒小路。那个身穿乌龟衬衫的小伙子早已不见了踪影。或许他觉得要小心行事,于是尽快原地返回。波洛无奈地摇了摇头,往回走。

波洛陷入沉思,轻轻地绕过怪建筑一侧,停在了门口,这次是他自己被吓了一大跳。莎莉·莱格双膝跪在那儿,正埋头查看地面上的裂缝。她吓得从地上跳了起来。

"噢,是波洛先生啊,你吓了我一跳。我没有听见你过来。"

"你在找什么东西吗,太太?"

"我——没有,没找什么。"

"你或许丢了什么东西,"波洛说,"还是掉了什么东西。"他故意摆出一副调皮捣蛋、无事献殷勤的样子。"太太,是不是和

---

①原文为法语。

谁有约会啊？真遗憾，我不是你想见的那个人。"

此刻，莎莉·莱格变得泰然自若。

"谁会在大上午的幽会啊？"她质问道。

"有时候，"波洛说，"别的时间不合适，那就只好在合适的时候幽会了。"他又补了一句，"偶尔，丈夫们会吃醋的。"

"我的丈夫要是吃醋才怪呢。"莎莉·莱格回答道。

她说这话时显得很轻松，但波洛却从她的话里听出了压抑的痛苦。

"他全身心地投入到了自己的工作中。"

"在这一点上，所有女人都会抱怨自己的丈夫，"波洛说，"尤其是英国丈夫。"

"像你这样的外国人更殷勤。"

"我们知道，"波洛说，"每周至少一次，最好是三四次，向女人说'我爱你'，还要送她几朵花，对她赞美几句，她穿新衣戴新帽的时候更要夸她美。"

"你是这样做的吗？"

"太太，我还没结婚呢。"赫尔克里·波洛说，"唉！"

"我确信你不会为此心痛。当一名单身汉，逍遥自在，你一定乐在其中吧！"

"不，不，太太。对我来说，生活里缺少婚姻是件很糟糕的事情。"

"我想傻子才会去结婚。"莎莉·莱格说。

"对于当年在切尔西画室里的绘画时光，你曾追悔莫及吗？"

"你似乎对我很了解，波洛先生？"

"都是聊天时听来的，"赫尔克里·波洛说，"我喜欢打听别人的事。"他继续说道，"太太，你真的感到后悔吗？"

"哦,我也不知道。"她坐了下来,显得焦躁不已。波洛坐到她的旁边。

他再次面对习以为常的景象,这位迷人的红发女郎要向他诉说一些事情,如果倾听者是位英国男人,她定会思虑再三的。

"我们来这里度假是希望能够远离喧嚣,找回我们的从前……可是事情并不像想象得那样。"

"不是吗?"

"不是。亚历克还是那么喜怒无常——唉,怎么说呢——他把自己封闭得严严实实。我不知道他是怎么了。他整天神经兮兮地,精神状态十分糟糕。有人给他打电话,给他留古怪的信息,他什么事都不告诉我,这让我很抓狂。他真的什么事情都不跟我说!起初我以为是别的女人打来的电话,但是我现在不这样认为。不是什么女人……"

但是波洛很快觉察到,她的话里带着某种疑虑。

"太太,你昨天下午喝茶还顺心吧?"波洛问道。

"喝茶?顺心?"她皱着眉头望着波洛,她的思绪仿佛从很远的地方收回来。

然后她匆忙说道:"哦,是的,你都不知道坐在那个棚里有多累,脸上还裹着面纱,简直要闷死人了。"

"茶棚里一定也有点闷吧?"

"哦,是的。但是那里有茶还好啦,你说是不是?"

"太太,刚才你在找东西吗?有没有可能这就是你在找的东西?"他伸手把那个金饰品拿给她看。

"我——噢,是的,谢谢你,波洛先生。你是在哪儿捡到的?"

"在这儿,就在地上,裂缝这里。"

"我一定是什么时候把它掉在这里了。"

"昨天吗?"

"哦,不,不是昨天。早些时候丢的。"

"但是,太太,我确定清楚地记得,你给我占卜的时候,我看到你手链上有个这样的小饰坠。"

赫尔克里·波洛故意撒谎的技能简直无人能敌。他信誓旦旦地说着,在他面前,莎莉·莱格的眼皮都要耷拉下来了。

"我真的不记得了。"她说,"我今天上午才发现它不见了。"

"不管怎样我深感荣幸,"波洛不忘献殷勤道,"现在就物归原主。"

她紧张不安地接过这件小饰品,然后站起身来。

"波洛先生,非常谢谢你。"她说话的时候呼吸不均,眼神闪烁不定,整个人显得紧张不安。

她匆匆地离开了怪建筑。波洛倚靠在石凳上,不慌不忙地点着头。

不对,波洛自言自语道,不对,昨天下午你一定没有去过茶棚。你迫切地想要知道是否到了四点,不是因为你想喝茶。而是想到这儿来,到怪建筑来,就是这儿,怪建筑。再走一半的路程就能到船库,你在这儿有人要见。

他又听见一阵急促的脚步声传来。"或许是来这儿的,"波洛微微一笑,思绪飞转,"不管是谁,肯定是莱格太太要见的人。"

但是,亚历克·莱格出现在怪建筑拐角处的时候,波洛不禁喊出声来:

"又错了。"

"啊?什么错了?"亚历克·莱格大吃一惊。

"我说,"波洛解释道,"我又错了,我很少犯错,这让我很烦恼。我想见的不是你。"

"那你想见谁?"亚历克·莱格问道。

波洛立马回答道:

"一个年轻男子——一个小伙子——穿着一件乌龟印花衬衫。"

他很满意,这话一经出口,效果立马显现。亚历克·莱格向前一步,语无伦次地说道:

"你怎么知道?你怎么……你什么意思?"

"我算的。"他说道,随后闭上了双眼。

亚历克·莱格又向前走了几步。波洛感觉到站在面前的这个男人正怒气冲冲。

"见鬼,你到底什么意思?"他追问道。

"我想,你的朋友已经回到了青年旅舍。如果你想要见他,必须去那儿才能找到他。"

"原来是这样。"亚历克·莱格咕哝道。

他一屁股坐在了石凳的另一端。

"看来这才是你来这个庄园真正的原因吧?根本不是为了'颁奖',我早点知道就好了。"他转向波洛,此时他的面容憔悴不堪,眉头紧锁。"我知道对这件事大家是怎么想的,"他说,"我知道整件事看上去是什么样子,但绝不是你想象得那样。我是受害人。我告诉你,一旦落入这些人的手中,你是很难摆脱的。我想要摆脱他们,就是这样。我想要逃离他们。要知道,一个人要是陷入绝望,容易铤而走险。感觉自己像是被关进笼子的老鼠,已无回天之力。哎,跟你说这些有什么用!你现在已经知道了你想要知道的。你已经掌握了证据。"

他站起身,跌跌撞撞,仿佛双眼昏花看不清路,之后头也不回地跑掉了。

赫尔克里·波洛一直在后面,瞪着双眼,挑着眉毛。

"这一切都太奇怪了,"他喃喃自语道,"奇怪但有趣。需要的证据我都掌握了,不是吗?什么证据?谋杀?"

14

布兰德警督坐在赫尔茅斯警察局里的一张桌子旁,桌子对面坐着警司鲍德温,他身材高大,五官端正。桌子上有一团黑乎乎、湿漉漉的东西。布兰德警督用食指小心翼翼地戳了几下。

"是她的帽子,"他说,"虽然我没有十足把握,但我能确定。她喜欢戴这种款式的帽子,她的女仆告诉过我,她有一两顶这样的帽子,颜色分别为浅桃红和深褐色,但是昨天她戴的是一顶黑色的帽子。这就是她戴的那顶。是从河里捞上来的?这看起来和我们假设的一样。"

"目前还不能确定。"鲍德温说。"毕竟,"他补充道,"谁都有可能把帽子扔进河里。"

"是的,"布兰德说,"他们可以从船库里把帽子扔出来,也有可能从游艇上扔下去。"

"游艇已经被控制起来了,"鲍德温说,"如果她在那儿,无论是死是活,肯定还在那儿。"

"今天他还没有上岸?"

"目前还没有,他还在船上。他一直躺在甲板的躺椅上,抽着烟。"

布兰德警督瞥了一眼钟表。

"差不多该上船了。"他说。

"你觉得能找到她吗?"鲍德温问道。

"希望渺茫。"布兰德说,"我有种感觉,要知道这家伙很聪明。"他沉思了一会儿,又戳了戳那顶帽子,然后说:"尸体呢?要是有尸体的话,有什么想法吗?"

"是的,"鲍德温回答道,"今天上午我跟奥特维特说过这事,他以前是海岸警卫队队员。有关潮汐和潮流的问题我都是向他咨询。那位夫人的尸体进入赫尔姆河的时候——如果确实进入了赫尔姆河——正赶上退潮。现在正是满月,水流速度非常快。估计尸体已经被冲到海里去了,水流会将尸体冲向科尼什海岸,但无法确定尸体会在什么地方浮上水面,能否浮上水面也难说。这里发生过几起溺水事件,但尸体都没有找到。尸体也可能被礁石撞烂。就这儿,始岬附近。话说回来,尸体也可能随时浮上水面。"

"如果浮不上来,找到尸体可就难了。"布兰德说。

"你确定她的尸体被扔进河里去了?"

"我想不出别的解释了,"布兰德警督不高兴地说,"要知道,我们已经检查过公共汽车和火车,均未有任何发现。这儿不是个四通八达的地方,是个死角,再说,她的衣服那么显眼,也没随身携带别的衣服。所以我想她根本没有离开纳斯庄园。她的尸体要么被冲到海里,要么被藏在庄园的某个地方。现在我想要知道的是作案动机。"他继续说,语气略显沉重。"当然还有尸体,"他想了会儿又补充道,"在找到尸体之前,我们无法采取进一步措施。"

"另外一个姑娘呢?"

"她目睹了这桩凶案——或是看见了别的什么。真相最终会大白于天下的,但这不会是一件容易的事。"

现在轮到鲍德温抬头看钟了。

"该走了。"他说。

两位警官登上"希望"号游艇，受到了德索萨的热情招待。德索萨为他们奉上饮料，但被谢绝了，于是他便显露出对他们此次调查活动的兴趣。

"年轻姑娘遇害的事，你们调查有进展了？"

"是有了进展。"布兰德警督告诉他。

这时鲍德温顺势接过话题，委婉地表达此次来访的目的。

"你们想要搜查这艘游艇？"德索萨似乎并没有生气，反倒看起来相当开心，"但是，为什么呢？你们是怀疑我藏匿凶手还是怀疑我本人就是凶手？"

"例行公事，德索萨先生，我相信你能理解，搜查证……"

德索萨举起了双手。

"我会积极配合搜查的！看在朋友的分儿上，欢迎你们在我的船上随便搜。或许你们认为我的表妹斯塔布斯夫人在这儿吧？怀疑她丢下丈夫跑来我这儿躲着？但是先生们，尽管搜吧！"

搜查随即展开，且十分彻底。最后，两位警官向德索萨先生道别时极力隐藏心中的失望。

"一无所获？太让你们扫兴了。但我告诉过你们，船上什么都没有。你们想不想吃点儿点心再走？不吃了吗？"

他陪他们来到停靠在游艇边上的小船。

"我呢？"他问，"我自由了？可以离开了？要知道，这里有点儿无聊。天气这么好，我非常想去趟普利茅斯。"

"先生，你是通情达理的人，烦请你留在这儿接受询问，就在明天，说不定验尸官有问题要问。"

"当然可以，我会尽力而为。但之后呢？"

"先生，调查结束后，"警司鲍德温表情僵硬地说，"你当然可以自由活动，去哪儿都可以。"

当汽艇离开游艇的那一瞬间，他们最后看到的是德索萨朝下俯视的笑脸。

整个死因调查询问过程乏味无比。除了医学证据和身份证据之外，没有其他任何能够引起听众好奇心的地方。延期申请理所当然得以通过。整个过程纯粹就是走个形式而已。

然而，调查询问过后，就不再是走过场了。布兰德警督整个下午都在乘坐那艘著名的观光游艇"德温美人"号观光。大约三点的时候，游艇驶离布里克斯威尔，绕过海岬，沿着海岸线驶入赫尔姆河的河口，逆流而上。除了布兰德警督之外，船上大约还有两百三十人。他坐在船的右舷上，扫视着两岸繁茂的树木。他们在河流弯道处经过那个孤零零的灰瓦船库，这个船库属于胡塘公园。布兰德警督悄悄地看了一眼手表，时间刚好四点十五分。游艇距离纳斯庄园的船库越来越近。船库位于丛林深处，小阳台以及下方的小码头若隐若现。从外表根本看不出船库里有人，但事实上，布兰德警督清楚，里面是有人的，霍斯金斯正奉命在里面蹲守。

在船库不远处停靠着一艘小汽艇，里面有一男一女，身着休闲装，看上去是来此度假的，他们正尽情地享受二人世界，嬉戏打闹着。那姑娘大声尖叫了一声，男人假装要把她扔进水中。就在这时，扩音器里传来响亮的声音。

"女士们，先生们，"声音低沉有力，"我们即将到达著名的吉彻姆村，我们将在此停留四十五分钟，大家可以在这儿品茶，还有德文郡奶酪。右边就是纳斯庄园，再过两三分钟就能经过，透过树林,大家可以看到它的外观。这座庄园原先的主人是杰维斯·弗利亚特爵士,他和弗朗西斯·德雷克爵士[①]是同一时代的人,他们曾一起航海驶向新大陆。如今,这座庄园已归乔治·斯塔布斯爵士所有。左边是著名的鹅形岩。女士们先生们,那块岩石还有个故事,是当地以前的习俗,就是在退潮的时候让那些爱唠叨的太太站在那块岩石上,等潮水涨到她们脖子那儿才让她们上来。"

"德温美人"号游艇上的男女老少们都饶有兴趣地盯着那块岩石。人们纷纷开着玩笑,人群中夹杂着刺耳的笑声。

这时,小汽艇上的两个度假的人还在嬉闹,突然间,男的一把将女友推入水中。他趴在船上将女友按进水里,边笑边说,"不行,你不老实我就不拉你上来。"

然而,除了布兰德警督之外,没人看到这一幕。大家都在注意聆听扩音器里传来的导游的解说,人们要么透过树林,目不转睛地盯着纳斯庄园看,要么兴致勃勃地凝视着鹅形岩。

小汽艇上的男人松开了手,那姑娘便沉入水底,几分钟之后出现在船的另一侧。她游到船边,动作娴熟地越过船舷,进了船舱。女警官艾丽丝·琼斯绝对是个游泳能手。

布兰德警督同其他两百三十人一起在吉彻姆村上了岸,喝了一杯茶,品尝了点德文郡奶酪和烤饼。他边吃心里边想,"这样做行得通,根本没人注意到。"

布兰德警督在赫尔姆河上进行模拟实验时,赫尔克里·波洛

[①] 弗朗西斯·德雷克爵士(Francis Drake, 1540—1596),英国历史上著名探险家与海盗,由女王伊丽莎白一世亲自登船赐德雷克皇家爵士头衔。

正在纳斯庄园的草坪上用一顶帐篷做实验。事实上,这个帐篷就是朱莱卡太太占卜所用的那个。其他的帐篷以及摊位都已经被拆掉,波洛请求把这顶帐篷留下。

他走了进去,放下门帘,然后来到帐篷后端,熟练地拉开后帘,溜了出去,然后又把门帘重新拉上,立马钻入帐篷后面的杜鹃花树篱中。穿过一两簇灌木丛后,他便来到一个简陋的凉棚。凉棚有点儿像夏季乘凉的亭子,但门是关着的。波洛打开门,走了进去。

凉棚年代已久,四周墙上爬满了杜鹃花,透过花丛射进来的光线较弱,所以凉棚里一片昏暗。里面有个盒子,装有一些槌球[①]和一些锈迹斑斑的铁环。此外,还有一两根曲棍球棒,上面爬满了蜈蚣和蜘蛛,地板上落满灰尘,上面有个不规则的圆形痕迹。波洛盯着灰尘上不规则的痕迹看了好半天。他从口袋里掏出一把小尺子,小心翼翼地量了一下尺寸。量完后,他心满意足地点了点头。

波洛悄悄地溜了出去,随手把门关上。他穿过花丛继续前行,之后上了一条羊肠小道。沿着小道上坡,不久便来到那条通向怪建筑的小路上,过了怪建筑再往前走不远就是船库。

这次他没有进怪建筑,而是直接沿着蜿蜒的小路走向船库。他拿出随身携带的钥匙,打开门走了进去。

除了尸体被转移,茶盘连带上面的玻璃杯和杯碟被拿走之外,其他的都跟波洛脑海里记得的画面一模一样。警察对此都做了笔录,并拍照取证。

他走到桌子旁,桌上堆着一摞漫画书。他翻开漫画书,看到

[①] 槌球游戏起源于法国,是一种在平地或草坪上用木槌击球穿过铁环门的室外球类游戏。

上面有玛琳死前乱写的几句话，这时他的表情跟布兰德警督当时的一模一样。"杰基·布莱克跟苏珊·布朗好上了"，"皮特看电影时总爱捏女孩子"，"乔治·帕基经常在树林里吻徒步旅行的女孩子"，"比蒂·福克斯喜欢男孩儿"，"艾伯特和多琳总在一起"。

他发现这几句幼稚、粗俗的话中有些伤感的味道。

他不禁想起了玛琳那张平凡的脸颊，上面长满了雀斑。他怀疑男孩们看电影时还从没有捏过玛琳。失望之余，玛琳通过偷看同龄人的亲密行为来获得间接的兴奋感。她暗中窥视大家，探听各种消息，她肯定看见过什么情况，但这些情况她本没打算知道——通常来说，这些情况对她无关紧要，但在某种场合下，可能显得十分重要，至于重要到什么程度，或许她本人也不知道。

一切都只是猜想，波洛摇了摇头，满心疑虑。他将那摞漫画书整齐地放回桌上，整齐划一是他一贯的作风。就在这时，他突然感觉少了什么东西，这种感觉十分强烈，少了什么呢？本来应该有个东西在这儿……什么呢……他摇了摇头，难以捉摸的表情也随之褪去。

他慢慢地走出船库，心中大为不悦。他，大名鼎鼎的赫尔克里·波洛，受邀前来阻止一起谋杀，结果却以失败告终。事已至此，但让他感觉更羞愧的是直到现在他都没有真正搞清楚到底发生了什么事。这简直就是奇耻大辱。明天，就算一无所获，他也必须返回伦敦。他的自尊心受到严重打击——甚至连他的小胡子都垂下来了。

15

两个星期之后,布兰德警督与郡警察局局长进行了一次长时间的会面,不过结果并不令人满意。

梅罗尔少校长着一对易怒的簇绒眉毛,看上去就像一头发怒的猛兽。但是他的部下都很喜欢他,尊重他的判断。

"好了,好了,好了。"梅罗尔少校说,"我们掌握了什么?什么依据也没有,无法采取行动。还有那个叫德索萨的家伙,我们无法将他与女童子军联系起来。如果斯塔布斯夫人的尸体找到了,情况就大不相同了。"他双眉下垂,盯着布兰德,"你认为确实存在尸体,是不是?"

"您觉得呢?长官。"

"嗯,我同意你的看法。要不然,我们现在早就找到她了。除非,这一切都是她精心设计好的。但各种迹象表明她不会这样做,要知道,她身无分文。我们已经调查过所有财务记录。乔治爵士掌管家里的财政大权。他出手大方,给斯塔布斯夫人许多零用钱,但她自己名下一分钱都没有。'情人之说'都是捕风捉影。既无流言又无蜚语,在这种乡村地区,你们给我注意,实属少见。"

他在地板上不停地踱来踱去。

"事实是,我们没能查清楚来龙去脉。我们认为德索萨出于某种不为人知的原因将其表妹残忍杀害。最可能的情形是这样的：他约她在船库会面，然后带她登上小汽艇，将其推入水中。你已经验证过了，这是有可能做到的，对吗？"

"我的天哪！长官，旅游度假高峰时期，无论是在河里还是海滨，把一船人淹死都不会有人注意，没有人会注意的，人们都忙着嬉笑打闹。但是，令德索萨万万没想到的是，当时船库里有个闲得无聊的小姑娘，十有八九正向窗外看。"

"霍斯金斯向窗外看去的时候，看到了你提前设计好的表演，你没有看到他吗？"

"没有，长官。外边不可能知道船库里有人，除非他们出现在阳台上暴露自己。"

"或许那个姑娘正好走出来到阳台上，德索萨意识到她看到了他的所作所为，于是上岸，打算杀人灭口。他问那姑娘在里面做什么，然后顺势进入船库。她说自己正在玩寻凶游戏，他故意开着玩笑，将绳子套在她的脖子上，猛一拉……"梅罗尔少校用手做了一个将绳子套在脖子上的手势，"就是这样！成了，布兰德；成了。这就是案发经过。但我们没有任何证据，一切纯属推测。我们连尸体都没找着，如果在这种情况下扣留德索萨，会招来一堆麻烦，只能放他走。"

"让他走？长官。"

"一周之后，他的游艇要进行大修，他会回到他那座该死的岛上去。"

"所以，我们时间不多了。"布兰德警督沮丧地说。

"我想还有其他可能性，是不是？"

"是的，长官。还有几种可能性。我仍坚信，斯塔布斯夫人已被害，而凶手参与过寻凶游戏。我们可以完全排除两个人的嫌疑，乔治·斯塔布斯爵士和沃伯顿上尉。整个下午，他们都在草地上指挥表演活动，负责整个游园会的安排。许多人可以为他们作证。马斯特顿太太也是如此，如果把她也包括在内的话。"

"每个人都包括在内，"梅罗尔少校说，"她不断给我打电话说猎犬的事儿。""如果在侦探小说中，"他若有所思地说，"这种女人正是凶手，这叫贼喊抓贼。但是，他妈的，我对马斯特顿太太再了解不过了，我想象不出她会闲着没事儿去勒死一个女童子军，或者说对一个神秘的异国美女下毒手。那么，还能有谁呢？"

"还有奥利弗夫人。"布兰德说，"她是寻凶游戏的设计者。她有点儿古怪，当天下午她一个人离开了好长一段时间。然后还有亚历克·莱格先生。"

"那个住在粉色茅庐的人，是吗？"

"是的，他早早就离开了活动场地，没人在那儿见过他。他说他对表演感到厌烦，于是回家了。另外，还有老默德尔——在码头干活的那个老伙计，他为人们照看船只，还帮忙停船——他说亚历克·莱格回家时刚好从他身边走过，那时大约五点，不会早于五点。也就是说，之前的一个小时他在哪里没法讲清楚。当然了，亚历克称老默德尔根本不知道具体时间，他所说的时间完全不对。毕竟，这个老头都九十二岁了。"

"这种说法无法令人满意。"梅罗尔少校说，"他有作案动机或者其他可疑的行为吗？"

"说不定他一直在与斯塔布斯夫人私通。"布兰德猜疑道，"她可能会威胁他说要将事情告诉他妻子，于是他就把她给杀了，那姑娘刚好目睹了整个经过——"

"他会将斯塔布斯夫人的尸体藏在某个地方？"

"是的，要是我知道作案经过和作案地点就好了。我的手下已经对方圆六十五英亩地界进行过彻底搜索，还是没有发现哪里的土被动过。我必须要说，到目前为止，我们把所有灌木丛都翻了个底朝天。再说，假如他真把尸体藏起来的话，他也有可能将她的帽子扔进河里误导警方。这一举动刚好被玛琳·塔克看见，所以他就决定杀人灭口？这一段都是一样的。"布兰德警督停顿了一下，"当然，还有莱格太太——"

"从她身上有哪些有用的东西？"

"她说当天下午四点到四点半之间她在茶棚，但事实不是这样。"布兰德警督慢条斯理地说道，"在我同她和弗利亚特太太聊天后我就觉察到了这一点，所有证据均支持弗利亚特太太的说法。那是特别关键的半小时。"他再次停顿一会儿说："然后就是那位年轻的建筑师，迈克尔·韦曼。很难将他与此案联系起来，但他确实很像一名嫌疑犯——狂妄自大，神经兮兮。这种人往往能不动声色地将人杀死。生活中肯定也是狂放不羁，对此我并不诧异。"

"布兰德，你很正派啊！"梅罗尔少校说，"他是怎么解释自己的行踪的？"

"含糊不清，非常含糊不清。"

"这证明他是一名真正的建筑师。"梅罗尔少校深有感触地说。最近，他在海边为自己建了一座房子。"建筑师们一向都很迷糊，有时候真不知道他们到底是怎么在这个世上活着。"

"不知道他当时在哪儿，好像也没有人见过他。有证据表明，斯塔布斯夫人喜欢他。"

"你是说这是一起情杀案？"

"我只是想尽力搜集各种证据，长官。"布兰德警督一本正经地说道,"当然还有布鲁伊斯小姐……"他的话突然停住了,好长时间没有吭声。

"就是那个秘书,对吧?"

"是的,长官。她是一个办事效率非常高的秘书。"

他又一声不吭。梅罗尔盯着下属,眼神犀利。

"关于布鲁伊斯小姐,你肯定有自己的看法,是不是?"

"是的,长官。你想,她公开承认就在谋杀案发生的那段时间里她去过船库。"

"她这样做是不是因为心中有愧?"

"有可能,"布兰德警督慢条斯理地说,"事实上,她这么做是最明智的。你想想看,如果她端着一个盛有蛋糕和果汁的盘子,然后告诉人们这些是拿给那个孩子的,那么,她去那儿就合乎情理了。她去而复返,说那姑娘当时还活着。我们都对她的话信以为真。但是,长官,如果你还记得的话,再看看医学证明,库克医生推断的死亡时间是下午四点到四点四十五之间。根据布鲁伊斯小姐的话来推断,玛琳四点十五的时候应该还活着。这份证词里存在疑点:她告诉我说,是斯塔布斯夫人让她给玛琳送蛋糕和果汁的。但是另一个目击证人非常肯定地说斯塔布斯夫人根本不可能让她做这类事情。而且,你知道,我觉得这些话有道理,因为这一点儿不像斯塔布斯夫人的行事风格。斯塔布斯夫人可是位'瓷美人',她整天只顾自己和自己的体态外貌。她似乎从未安排过餐饮,对家务管理从来不感兴趣,她只考虑自己的光鲜亮丽,从不在乎别人。我越想越觉得她不可能让布鲁伊斯小姐送东西给女童子军。"

"布兰德,知道吗,"梅罗尔说,"你说得很有道理,但如果是这样的话,她的动机是什么呢?"

"她杀那姑娘没有任何动机,"布兰德说,"但是我认为,她可能有动机杀害斯塔布斯夫人。我曾对你提起过波洛先生,根据他的调查,布鲁伊斯小姐爱上了她的雇主,爱得神魂颠倒。假如她尾随斯塔布斯夫人进入树林,然后将其杀害,这时玛琳·塔克在船库里闲着无聊,走出来正好看到了这一切,那么她肯定会杀玛琳灭口。她接下来会做什么?将那姑娘的尸体拖回船库,然后回到庄园,拿着托盘再次去船库。接着她便有了不在游园会上的借口,以此让我们相信她的证言——表面上看也是唯一可信的证言——那就是:玛琳·塔克在四点十五的时候还活着。"

"好吧,"梅罗尔上校叹了一口气,"继续追查下去,布兰德,继续追查下去。你觉得如果她是当事人,会怎么处理斯塔布斯夫人的尸体?"

"藏在树林里,埋掉,或者扔进河里。"

"扔进河里相对困难,不是吗?"

"那得看案发现场在哪儿了,"布兰德说,"她长得非常健壮,如果案发现场离船库不远的话,她完全可以把尸体拖到那儿,从码头岸边扔进河里。"

"赫尔姆河上不是有许多过往游船吗?"

"游客们肯定以为这是另外一出恶作剧,虽然有点儿冒险,但不是没有可能。但是我个人更倾向于这种可能性,即她把尸体藏在庄园的某个地方,只将帽子扔进赫尔姆河。想想看,这很有可能,她十分熟悉庄园和周围环境,肯定知道什么地方能藏尸体,然后再找机会将尸体扔进河里。这些都不好说。当然,前提是她的确杀了人。"布兰德警督想了一会儿又说,"但是,事实上,长官,我仍然认为德索萨——"

梅罗尔上校一直不停地在便签本上记着要点,这时他抬起头

清了清嗓子说:

"归纳一下,我们可以总结出以下几点:首先,我们已经找到五六个可能杀害玛琳·塔克的嫌疑人。第二,仅按照我们目前掌握的情况来看,其中有几个人嫌疑较大。总而言之,我们知道她为什么被害,她被害是因为她看到了什么。但是要等到我们确切知道她到底看到了什么——才能知道她是谁杀的。"

"长官,您这样说,让我感觉这起案件十分棘手。"

"哦,是的,是很棘手。但我们最后肯定会查明真相的。"

"恐怕到时候,那个家伙早就离开英国了。他肯定会心里窃喜,杀了两个人还能溜之大吉。"

"你真的确定凶手是他吗?我不是说你不对,但仍然……"

郡警察局局长沉默片刻,然后耸了耸肩说:

"不管怎么说,这总比遇上精神变态杀人狂要好。不然,我们现在就要着手处理第三起谋杀案了。"

"俗话说,事不过三。"布兰德心情有些低落地说。

还真让布兰德说准了,因为第二天一大早,他就听说老默德尔死了,当天老默德尔从河对面吉彻姆村他最喜欢的酒馆回家时,由于饮酒过量,在码头上岸时失足坠入河中。人们发现他的船漂在河面上,他的尸体在当天晚上也被打捞了上来。

审问过程短暂且简单。案发当晚,夜色较深沉,浓云密布,老默德尔喝了三品脱啤酒,毕竟他已九十二岁高龄。

判决结果是意外死亡。

16

赫尔克里·波洛坐在位于伦敦的公寓里，房间四四方方，他的椅子四四方方，对面的壁炉也同样四四方方。然而，摆在他面前的那些东西却不是方形的，而是难以描述的奇形怪状。如果单个仔细看，哪一个在这个理智的世界里好像都看不出有什么用处。这些东西的存在似乎不可能，很离谱，完全是个意外。当然了，事实完全不是这么回事。

其实，如果给这些东西一个正确的评价的话，每一件都会在特定的空间里有它特定的位置。如果在特定的空间里按特定的位置把它们组合起来，它们不仅有意义，而且还能组成一幅图画。换言之，赫尔克里·波洛正在玩一幅拼图游戏。

他低头看着一处几乎不可能填上去的长方形空白。他发现拼图游戏是个使人精神放松、心情愉悦的东西，因为它可以化杂乱无章为井然有序。他想，这与自己的职业有相似之处。玩这种游戏，人们要面对各种千奇百怪以及未必可能的事实，表面看起来彼此可能毫无关联，但把它们组合成一个整体之后，各部分就会各就其位。他娴熟地拿起不太可能的深灰色的一片儿，把它拼进蓝色的天空中。这时他才发现，这一片儿原来是一架飞机的一部分。

"对了，"波洛喃喃自语，"就该这么做。这一块不可能，那一块不可能,那些看似有道理的却又填不上去;所有这些一片一片的都有指定的地方。一旦拼接完成,好啦,就大功告成。一切都清清楚楚。一切都——按当下时髦的话来说——尽在图中。"

紧接着他又飞快地拼进三块儿:一块儿是尖塔的一部分,一块儿看上去像是带条纹的遮阳棚的一部分,实际上却是猫背的一部分,最后一块儿是颜色由橘黄突然变为粉红的落日的一部分。

若是目标明确,事情就会变得容易,赫尔克里·波洛自言自语道。但问题就在于不知道目标是什么,所以才会到处碰壁。他焦急地叹了口气,目光从眼前的拼图飘向壁炉另一侧的椅子。不到半小时前,布兰德警督就坐在那儿喝了茶,吃了松脆饼(方形的松脆饼),话语里透着悲伤。他是来伦敦处理警事公务的,办完公事顺便来拜访波洛先生。他说,想知道波洛对案情理出了什么头绪,之后就阐明了自己对案情的看法。对于布兰德警督说的每一点,波洛都同意。波洛觉得,布兰德警督已经对这件案子做了非常公正的调查。

纳斯庄园发生的谋杀案现在已经过去了一个月,将近五个星期了。五个星期以来,案情没有任何进展,调查结果也被否定。斯塔布斯夫人的尸体还没有找到,活不见人,死不见尸。布兰德警督认为,斯塔布斯夫人还活着的可能性不大。波洛认同他的看法。

"当然,"布兰德警督说,"尸体可能还没有被冲上岸。一旦落入水中,情况就很难说了。但也可能仍会找到,不过那时就已经很难辨认出来了。"

"还有第三种可能。"波洛说。

布兰德点了点头。

"其实,"他接着说,"我也这么想过。实际上我一直这么认为：尸体就在那里——在纳斯庄园里，藏匿在我们意想不到的一个地方。实话说，完全有这个可能。那么大的一栋老庄园，那么大一片地方，有些角落你压根儿就想不到——你永远都想不到会有那种地方。"

他停了下来，沉思了片刻，接着说：

"前几天我去了一幢房子，他们修建了一个防空掩蔽棚，你知道，就是大战期间，自己在花园里修建的那种粗制滥造的东西，离着房子不远，有一条路通向房子的地下室。战争结束后，棚子塌了，他们就在那里堆起了一个奇形怪状的土丘，类似于假山。现在走进花园，你绝不会想到那块儿地方曾经是个防空掩体，地下还有个房间。那里看起来好像一直都有一座假山，而且在地下室的酒桶后面一直都有一条通道通向里面。我的意思是，那样一种建筑，有个通向某个地方的通道，外人是不会知道的。难道说在宗教迫害时期真的存在教士藏身用的地窖？"

"不可能，至少那个时候肯定没有。"

"韦曼先生也是这么说的。他还说庄园修建于一七九〇年左右，而那时候教士们已经没必要再躲藏起来。要我说，存在这种可能——就是庄园里有个地方的结构做过某种改动——有某个家庭成员可能知道这件事。你怎么看，波洛先生？"

"对，的确有可能，"波洛说，"是的，绝对有这种可能。如果这种可能性成立的话，接下来就是——谁会知道？我想，庄园里的每个人都应该知道吧？"

"肯定都知道。当然，这会把德索萨排除在外。"警督看上去不太满意，他仍然对德索萨抱有怀疑。"如你所说，住在别墅里的每一个人，包括仆人或者家庭成员在内都有这个可能。不过，仅在别墅里临时过夜的人可能性会小一些，从外面进来的人，比如莱格夫妇就更没有可能了。"

"如果说有人肯定了解这件事,而且还会回答你的问询的话,那么这个人就非弗里亚特太太莫属。"波洛说。

他想,纳斯庄园里的事儿没有弗里亚特太太不知道的。她知道很多很多……弗里亚特太太当时立刻就认为海蒂·斯塔布斯已经死了。在玛琳和海蒂·斯塔布斯死亡之前,弗里亚特太太就认为这个世界是非常邪恶的,这个世界上的人也同样如此。波洛苦苦思索着,弗里亚特太太是了解整个案情的钥匙。但波洛想,要让弗里亚特太太这把钥匙打开解谜的锁,可不是一件容易的事情。

"我见过那位夫人几次,"警督说,"非常友善、随和,而且好像对于不能提供有价值的线索感到苦恼。"

是不能还是不会?波洛想。布兰德可能也同样这么想。

"有一种女人,"他说,"是无法强迫的。恐吓、劝说或者欺骗都不顶用。"

波洛想,的确,强迫、劝说或者欺骗对弗里亚特太太都没有用。

警督喝完茶,叹了口气就离开了。波洛拿出拼图游戏以缓解心中的怒气。他很恼火,既生气又十分羞愧。奥利弗夫人请他——赫尔克里·波洛——来解开谜团。她已经感觉到了什么地方不对劲儿,有地方出了岔子。她信心满满求助于赫尔克里·波洛,第一次是相信他会阻止意外发生,但他没有做到;第二次让他找出杀人凶手,他也没有做到。他现在身处一团迷雾之中,迷雾时不时就会遮挡住透进来的光线。有时,至少在他看来,好像已经看到了亮光,但每次又失之交臂。对于他看到的,哪怕是一瞬间的亮光,他都没能判断出其价值所在。

波洛站起身，走到壁炉的另一侧，把警督坐过的椅子与自己的椅子摆成一个几何角度，然后坐下来。波洛刚才玩的是彩木和纸板拼图，而现在注意力转到了谋杀问题上。他从兜里掏出一个笔记本，整齐地写了几个小字。

艾迪安·德索萨、阿曼达·布鲁伊斯、亚历克·莱格、莎莉·莱格、迈克尔·韦曼。

乔治爵士和吉姆·沃伯顿不在作案现场，所以根本不可能是杀害玛琳·塔克的凶手。而奥利弗夫人出现在作案现场还是有可能的，波洛空了一行，添加了她的名字。他还添加了马斯特顿太太的名字，因为他不记得在四点到四点四十五之间看到过马斯特顿太太出现在草坪上。他还写了管家亨登的名字，不过他并不是真正怀疑这个敲铜锣的黑发艺术家，更多可能是因为奥利弗夫人在寻凶游戏中给管家塑造了一个邪恶的形象，他还写下了"穿着海龟印花衬衫的男孩儿"，后面标出一个问号。波洛接着笑了笑，摇了摇头，从外套的翻领上取下一枚别针，合上眼，在笔记本上戳着。他想，这种方法和其他方法一样好。

别针扎到最后一行文字时，波洛很生气，这当然是有缘由的。

"我真是个傻瓜，"赫尔克里·波洛责骂自己，"穿海龟印花衬衫的男孩儿和这件案子能有什么关系？"

但波洛也明白，他并不是无缘无故就把这个神秘的人物写进名单的。他再次回忆起那天在怪建筑坐着时的场景，那个男孩儿一看到他，脸上就露出惊讶的表情。虽然小伙子年轻帅气，但他的表情让人感到不舒服——一张傲慢冷酷的脸。他来这里肯定有所企图。他可能本来是要去见某个人，但那个人他不能或是不希望通过正常的方式见到。这是个不想引人注目的约会，这里面肯定有什么勾当，或许和谋杀之间也存在着某种关联。

波洛继续思索着。男孩儿住在青年旅舍，也就是说，他最多可以在附近待两个晚上。他难道只是碰巧走到那里？只是来英国游玩的一个普通的年轻学生？还是另有目的，来见某个特定的人呢？在游园会那天可能已经有了一次邂逅——完全有这个可能。

我掌握的信息太多了，赫尔克里·波洛自言自语道。我手里有太多、太多的拼图卡片儿。对付这种案子我一向有办法——但现在我的角度肯定错了。

他把笔记本翻了一页，写道：

斯塔布斯夫人是否让布鲁伊斯小姐给玛琳送了茶？如果没有，布鲁伊斯小姐为什么说是斯塔布斯夫人让她这么做的？

他又考虑到了这一点。布鲁伊斯小姐理应自己想到给那个女孩儿送蛋糕和果汁饮料。但这样的话，她为什么不直接说呢？为什么要撒谎说是斯塔布斯夫人让她这么做的呢？难道是因为布鲁伊斯小姐到船库时已经发现玛琳死了？除非布鲁伊斯小姐自己是凶手，否则这种情况不合情理。因为她并没有紧张害怕，她也不是个想象力丰富的人。要是她发现那个女孩儿死了，她肯定会立刻报警的。

他盯着写下的两个问题思忖了一会儿，隐约感到字里行间，有些指向事实的线索他还没有注意到。思考了四五分钟后，波洛又写了一些东西：

艾迪安·德索萨称，他在去纳斯庄园的三周之前就给他的表妹去了封信。这个说法究竟是真还是假？

波洛几乎可以肯定这个说法是假的。他回想起那天用早餐时的场景。乔治爵士和斯塔布斯夫人似乎实在没有理由假装惊讶，而且后者还有些惊慌失措，这一点大家都没有察觉到。他看不出这么做能有什么目的。但是，假如艾迪安·德索萨撒了谎，他为什么要撒谎？是为了给人留下他的来访已经众所周知并受到欢迎的印象吗？这也有可能，但这种说法很牵强。没有证据显示他曾经写过这么一封信，或是有人收到过这封信。难道是德索萨为了表明自己的善意——以便让自己的来访更加自然甚至备受期待？而且，乔治爵士的确友善地接待了他，哪怕并不认识他。

波洛停顿了一下，他的思路遇到了瓶颈。乔治爵士并不认识德索萨，他的妻子虽然知道有这么个人，但也没有见到他。这里面是不是有什么门道？那天出现在游园会上的艾迪安·德索萨会不会不是他本人？他脑子里闪现出这个想法，但又觉得说不通。若他不是德索萨本人，那假装是德索萨来参加宴会能获得什么好处？不管怎样，德索萨并没有从海蒂的死亡中捞到任何好处。警方已经查明，海蒂除了丈夫给的钱财外，自己一分钱都没有。

波洛使劲儿回忆海蒂那天早上对他说的话。"他不是什么好人。他做过坏事。"据布兰德说，她曾对自己的丈夫说："他常杀人。"

透过所有事实来看的话，这句话有点耐人寻味。"他常杀人。"

在艾迪安·德索萨来纳斯庄园的那天，肯定有一个人被杀了，也可能是两个人。弗里亚特太太说过，海蒂说的那些危言耸听的话不必在意。弗里亚特太太……"

赫尔克里·波洛皱了皱眉头,猛拍了一下椅子扶手。

"一直都是她——我必须回去找弗里亚特太太。她是整个案情的关键。如果知道了她之所想……我就不会再坐在这儿想破脑袋了。对,我必须乘火车再去一趟德文郡拜访弗里亚特太太。"

赫尔克里·波洛在纳斯庄园的铁门外停顿了片刻。他的目光望着前面蜿蜒的车道。现在已经不是夏天,金褐色的叶子从树上飘落下来。附近草丛浓密的河岸点缀着淡紫色的小仙客来。波洛叹了口气,他已经不知不觉被纳斯庄园的美景吸引住了。他并不倾慕野外的自然风光,而是喜欢整齐划一、井然有序的东西,但他还是对茂密的灌木和乔木所绘成的温柔野性之美表示赞叹。

波洛左边是一座有着门廊的白色房屋。下午的天空万里无云,弗里亚特太太可能不在家,她可能会带着园艺篮子在什么地方,也许会去拜访一些附近的朋友。她的朋友很多,这里原来就是她的家,多年来也一直都是她的家。那个码头上的老头儿说过什么来着?"纳斯庄园会一直都是弗里亚特家的地盘。"

波洛轻轻敲了敲房门。过了一会儿,他听到了屋里的脚步声。脚步有些迟缓,几乎可以说是徘徊不定。门打开了,弗里亚特太太站在门口。她看起来年老体衰,波洛感到很诧异。她用惊疑的眼神盯着他,过了好一会儿才说:

"波洛先生?原来是你!"

他思忖片刻,看到她的眼睛里闪现出了恐惧,但这可能仅仅是他的想象罢了。他恭敬地说:

"夫人,我可以进去吗?

"当然，请进。"

她已经恢复了平静，招手示意他进去，并把波洛领进了她的小客厅。壁炉台上摆放着几个精致的切尔西人偶，两把椅子上铺着精美的刺绣椅套，茶几上还摆放着德比茶具。弗里亚特太太说：

"我去拿个茶杯来。"

波洛微微抬手，做了个"不需要"的手势，但她没有理会。

"你当然要喝杯茶才行。"

她走出了房间。波洛再次环顾四周。桌上放着一件刺绣，是一个刺绣椅垫，上面还插着针。靠着墙有个书柜，摆满了书籍。墙上挂着一组袖珍画像，银框中有张褪色的照片，照片里的人穿着制服，那个人胡子硬挺，下巴短小。

弗里亚特太太回到房间，手里端着一套杯碟。

波洛说："夫人，他是你的丈夫吗？"

"是的。"

她注意到波洛的目光正在扫视书柜顶部，好像在寻找别的照片，于是直接说道：

"我不喜欢照片，照片让人沉醉于过去，人必须学会忘记，必须把枯枝砍断。"

波洛想起第一次见到弗里亚特太太时的场景，她当时正在岸边修剪一片灌木。他记得，那时候她也说过一些关于枯枝的话。他若有所思地注视着她，揣摩着她的性格。他想，这是个谜一般的女人，尽管表面上看起来温柔体贴，弱不禁风，骨子里却是冷酷无情。这个女人不仅可以砍掉灌木的枯枝，还可以砍掉自己生活中的枯枝……

她坐下来，倒了一杯茶，问道："加牛奶还是糖？"

"夫人，三块糖就好。"

她把茶递过去，攀谈道：

"见到你真是出乎意料。我从没想到你会再次从这一带路过。"

"其实，我不是路过。"波洛说。

"不是吗？"她的眉毛微微向上扬起。

"我这次是特意过来的。"

她仍然以质疑的眼光看着他。

"夫人，一定程度上我是来这儿看望你的。"

"是吗？"

"嗯嗯——目前一直没有斯塔布斯夫人的下落吗？"

弗里亚特太太摇了摇头。

"前几天，在康沃尔有一具尸体冲到了岸边，"她说，"乔治去那里辨认了。但死者不是她。"她又说道："我为乔治感到担心。他太紧张了。"

"他仍然认为自己的妻子还活着？"

弗里亚特太太慢慢摇了摇头。

"我想，"她说，"他已经不抱什么希望了。毕竟，媒体和警方都在寻找她，如果海蒂还活着，她无处可藏。即使发生了失忆这样的事——警方肯定也早把她给找回来了。"

"情况的确是这样，"波洛说，"警方还在搜寻？"

"我想是的。实际情况我并不是很了解。"

"但乔治爵士已经不抱任何希望了。"

"他没这么说，"弗里亚特太太说，"当然，我最近没再见过他，他现在大部分时间都在伦敦。"

"被害的女孩儿调查得怎么样了？没有什么进展吗？"

"据我所知没有。"她又说道，"害死那个女孩儿似乎毫无意义，完全没什么必要。可怜的孩子——"

"夫人，我能看出来，一提到她你心里还是很难过。"

弗里亚特太太一时没有回应，片刻后她说：

"我想，人一旦上了年纪，年轻人的死会让一个人心里感到极为不安。我们这些老家伙的命不值钱了，但那孩子的路还长着呢。"

"这种生活可能本来就没什么意思。"

"也许，对我们来说是没什么意思，但对她来说生活还很有意义。"

"虽然，如你所说，我们这些老家伙希望一走了之，"波洛说，"但我们并不真正愿意撒手人寰。至少我还不愿意。我发现生活仍然很有意思。"

"我倒没这么觉得。"

她说这话大有坦露心声的意味，她的肩膀更加低垂。

"波洛先生，我感到很累。死亡到来的时候，我不仅会做好准备，而且会非常感激。"

波洛快速瞥了她一眼。他在想——之前也这么想过——和他坐在一起谈话的这个女人是否生病了，她或许已经察觉到，甚至确信自己正在走向死亡。如果不是这样，就很难解释她为什么萎靡不振。他觉得，疲乏倦怠不是这个女人真正的状态，艾米·弗里亚特是个个性要强、精力充沛并且具有决断力的女人。她经历过大风大浪——丧失了家园，失去了财富以及两个儿子的生命。所有这些，他认为，她都挺了过来。她已经正如自己所说，"砍掉了枯枝"。但现在她的生活中有某种东西是她砍不掉的，没有人能帮她砍掉。如果不是身体上的疾病，他还搞不懂到底是怎么回事。她突然微微一笑，好像已经摸透了他的心思。

"波洛先生,说实话,我已经没有什么牵挂,"她说,"我的朋友很多,但没有近亲,也没有家人。"

"可你还有自己的家。"波洛脱口而出。

"你是说纳斯庄园?是的——"

"虽然法律上说这是乔治爵士的财产,但其实不就是你自己的吗?现在乔治·斯塔布斯爵士去了伦敦,你就是这里的主人。"

他再次觉察到了她眼神中的恐惧。她用冷冰冰的语气说道:

"波洛先生,我不明白你这是什么意思。乔治爵士把这个门房租给我,我很感激,但我的确是租来的。我每年都要付给他一笔租金,才有权在这座园子里活动。"

波洛摊开双手。

"夫人,我很抱歉,我无意冒犯你。"

"无疑是我误解了你的意思。"弗里亚特太太冷冰冰地说。

"这个地方很漂亮,"波洛说,"别墅,还有园子都很漂亮。周围环境也很安宁。"

"是的。"她面露喜色,"我们一直都这么觉得。我小时候第一次来这里的时候,就有这种感觉。"

"但是,夫人,现在还有同样的安宁吗?"

"为什么没有?"

"谋杀还未大白于天下,"波洛说,"一个无辜的生命成了亡魂。只有当阴影全部被抹去,平和才能恢复。"他又说,"夫人,我想,你和我都明白这个道理。"

弗里亚特太太没有答话。她既不动弹,也没有吭声,只是呆呆地坐着,波洛不清楚她究竟在想些什么。他的身体稍稍前倾,继续发话。

"夫人,关于这次谋杀,你一定知道许多实情,也许你什么都知道。你知道是谁杀害了那个女孩儿,你知道原因是什么。你知道谁杀了海蒂·斯塔布斯,也许她的尸体现在藏匿在哪儿你都知道。"

弗里亚特太太开了口。她的嗓音很大,几近沙哑。

"我不知道,"她说,"什么都不知道。"

"也许是我措辞不当。夫人,你不知道实情,但你可以猜测。我肯定你能猜得到。"

"你这么说——请原谅——真是荒唐!"

"这不是荒唐——而是——危险。"

"危险?对谁危险?"

"夫人,对你有危险。只要你保守秘密,不告诉其他人,你的处境就很危险。夫人,我比你更了解那些杀人犯。"

"我已经跟你说了,我什么都不知道。"

"那么,怀疑——"

"我没什么可怀疑的。"

"夫人,请原谅,这不是你的真话。"

"凭空就去怀疑别人很不妥当,甚至可以说是邪恶。"

波洛向前倾了倾身子,"难道比一个月之前的谋杀还邪恶?"

她在椅子上向后缩了缩,缩成一团,压着嗓音说:

"不要和我谈那件事了。"接着,弗里亚特太太声音颤抖着叹息道,"无论如何,都结束了,一切都结束了。"

"夫人,你怎么这么说?要我说,凶手绝不会善罢甘休。"

她摇了摇头。"不,不,已成定局。无论如何,我什么忙都帮不上。"

波洛起身,盯着她。她显得有些焦躁不安。"再说,连警方都已经放弃了。"

波洛摇摇头。"不，夫人，你搞错了。警方没有放弃。"他又说，"我也不会放弃。夫人，请记住，我，赫尔克里·波洛是不会放弃的。"

这是十分典型的退场词。

17

离开纳斯庄园后,波洛去了附近的一个村子,经过打听,他找到了塔克一家居住的房子。波洛敲了敲门,屋里塔克太太说话声音很大,盖过了敲门声,所以一时没有回应。

"吉姆·塔克,你成天脑子在想些什么,穿着脏靴子就往我的油漆地板上踩!我不是说了一次两次了吧,还要我说几千次啊!我擦了整整一个上午,现在你看看都弄成什么样子了!"

塔克先生微弱地咕哝了两声,纯属安抚性质。

"你的记性怎么这么差,整天只想着用收音机听体育新闻。再说,脱个靴子能花你几分钟啊。还有你,盖瑞,管好你的棒棒糖,不要用黏黏糊糊的手来碰我的银茶壶。玛丽琳,有人敲门,去看看是谁。"

门小心翼翼地打开了,一个十一二岁的孩子探出头来,怯懦地盯着波洛看。她嘴里含着棒棒糖,一边腮帮子鼓鼓的。胖嘟嘟的,长着一双蓝色的小眼睛,像只小猫儿一样可爱。

"妈妈,是位先生。"她喊道。

塔克太太走到门前,脸色有些泛红,脸颊上面还沾着一小撮头发。

"什么事儿?"她声音很刺耳。"我们不需要……"她停顿了一下,脸上露出似曾相识的神色,"我想想看,呃,我那天是不是见你和警察在一起?"

"唉,夫人,不好意思,让你想起了那段不愉快的记忆。"波洛说着,毫不犹豫地跨进了门槛。

塔克太太顿时不悦地瞥了一眼波洛的双脚,但波洛穿着黑漆皮鞋,只在大路上走过,所以没往塔克太太擦得锃亮的油漆地板上掉一丁点儿泥土。

"先生,赶快进来吧。"她说着,退到一侧,推开了右手房间的一扇门。

波洛被领进了一间可以说是极其整洁的小客厅。屋里有股家具抛光剂的味道,客厅里有一套黑色栎木雕花的家具,一张圆桌,两盆天竺葵,一座精致的铜制炉围,还有各式瓷器饰品。

"先生,请坐。我不记得该怎么称呼你。不过,我确实没听到过你的名字。"

"我叫赫尔克里·波洛,"波洛即刻回答道,"我再次来到这一带,一是向你表示哀悼,二是向你打听案情调查是否有了进展。我相信杀害你女儿的凶手已经找到了。"

"连凶手的影子都没见过,"塔克太太的话里带着些怨恨,"真是可耻。要我说,这种事发生在我们这种人家,警察才不想费事儿去管呢。警察顶什么用?如果他们都像鲍勃·霍斯金斯一样,我想全国不到处都是犯罪的才怪呢,像霍斯金斯,只会照看公家停放的车辆。"

这时,塔克先生脱掉了靴子,只穿着袜子走到门口。他是个大块头,红着脸,表情很温和。

"警察没毛病,"他的嗓音听起来有点儿沙哑,"警察也是人,也有难处。要找到这些杀人狂,哪有那么容易。他们看起来和你我没什么两样,你明白我什么意思吧。"

在塔克先生身后,站着给波洛开门的那个小女孩儿,另一个估摸着有八岁的小男孩儿在小女孩儿身后探头张望。两个人都怀着强烈的好奇心盯着波洛看。

"我想,这是你的小女儿吧。"波洛说。

"这个是玛丽琳,"塔克太太说,"这个是盖瑞。盖瑞,听话,过来向叔叔问好。"

盖瑞往后躲了一下。

"他呀,可害羞了。"妈妈说。

"先生,我想你肯定是个好人,"塔克先生说,"还特意过来询问玛琳的情况。唉,这件事的确很不幸。"

"我刚刚拜访了弗里亚特太太,"波洛说,"发生这样的事,她心里很难过。"

"事情发生之后,她的身体越来越差,"塔克太太说,"她上了年纪,在自己的院子里发生这样的事,对她是个不小的打击。"

波洛再次注意到,人们下意识地认为弗里亚特太太才是纳斯庄园的主人。

"她觉得自己应对这件事负点儿什么责任,"塔克先生说,"其实,这件事与她毫无关系。"

"究竟是谁提出让玛琳扮演受害者的?"波洛问道。

"伦敦来的那位写书的女士。"塔克太太回答道。

波洛温和地说:

"但她对这里不熟悉,她连玛琳是谁都不知道。"

"是马斯特顿太太把那些女孩儿召集到了一起,"塔克太太说,"我想是马斯特顿太太让玛琳扮演受害者的。不过,我得说,玛琳对这个主意还挺高兴。"

波洛感到,自己再次碰到了无法逾越的障碍。但他现在已经完全意识到奥利弗夫人最初请他来的时候是怎么想的了。有人一直在进行暗箱操作,通过其他大家认识的人来达到自己的目的。奥利弗夫人,还有马斯特顿太太,她们都只不过是幌子罢了。他说:

"我一直有个疑问,夫人,玛琳是不是以前就认识这个……呃……杀人狂。"

"她不会和那种人接触的。"塔克太太的话里透着正直。

"哦,"波洛说,"但正如你丈夫所说,这些杀人狂又没把'杀人狂'三个字写在脸上。他们看起来就像……呃……与你我没什么两样。有人可能在游园会上,甚至在那之前,就和玛琳聊过天,彬彬有礼地和她交朋友。也许还会送她礼物。"

"哦,先生,不会的,根本不会发生这种事。陌生人送的礼物玛琳是不会收的。我对她的教育很全面。"

"但她可能当时没看出有什么坏处,"波洛坚持说,"说不定给她东西的是某位善良的女士。"

"你是说,像租住在磨坊茅庐里的莱格夫人这样的年轻人?"

"是的,"波洛说,"就像那样的人。"

"给过玛琳一支口红,这事还真有,"塔克太太说,"我当时气坏了。我说,玛琳,不许你把这玩意儿往嘴上抹,看你爸怎么说你。她得意扬扬地说,是住在磨坊茅庐里的那位女士给的。她说这支口红很适合她。我跟她说,不要信那些伦敦女士的话。在脸上擦脂抹粉,把睫毛弄黑,她们怎么做都可以。但是,你是一个正派的女孩子,得用水和肥皂洗脸,等你长大了再说别的。"

"但我想,她未必会听你的话。"波洛笑着说。

"我一向说话算数。"塔克太太说。

胖乎乎的玛丽琳突然咯咯地大笑起来。波洛敏锐地瞥了她一眼。

"莱格夫人是不是还送玛琳别的东西了？"

"她还送了一条围巾什么的——玛琳再也用不上了。样子好看，但质地不行，我一眼就看出来了。"塔克夫人点了点头说，"我小时候也在纳斯庄园干过活，那个年代的女士们都穿戴这种东西，颜色并不鲜艳，都是尼龙和人造丝做的，当然也有真正的好丝绸。哎呀，有一些塔夫绸裙子非常耐穿。"

"女孩子们都喜欢鲜艳一些的，"塔克先生宽容地说，"穿几件颜色鲜艳的衣服，我倒不介意，但抹口红我可看不惯。"

"我可能对她有点儿苛刻，"塔克太太说着，眼睛马上模糊起来，"而且她死得那么惨。真希望当时对她没那么刻薄。唉，最近好像不是麻烦事，就是一个个的葬礼。俗话说，祸不单行，还真是这么回事。"

"还有其他亲人去世？"波洛礼貌地问道。

"我妻子她父亲，"塔克先生说道，"他深夜从'三只犬'酒馆回来，乘渡船到码头上岸的时候，一脚踩空了，掉进了河里。按理说这么一大把年纪，应该好好在家里待着。但这些老家伙，你还真拿他们没办法。他呀，总是在码头闲逛。"

"不过，我父亲一直都是个驾船老手，"塔克太太说，"过去就给弗里亚特先生照看过船，那是好多年以前的事了。倒不是说，"她的话音明朗起来，"他的去世我们有多么悲伤，毕竟他都九十多岁了，还经常惹人生气，总是喋喋不休说些胡话，也算到年纪了。我们当然要把他好好地安葬——两次葬礼花了不少钱啊。"

波洛倒没考虑她说的这些经济花销——一些过去的画面开始在他的脑海里翻腾。

"一个老人,在码头上?我记得和他聊过天。他是不是叫——"

"先生,他叫默德尔。这是我结婚前的姓氏。"

"你父亲,我好像记得,原来是纳斯庄园的园丁主管。"

"不对,那是我大哥。我们家里共有十一个孩子,我是最小的一个。"她骄傲地说,"默德尔家的人在纳斯庄园干了很多年的活儿,但现在都各奔东西了。父亲是最后一个留在纳斯庄园的人了。"

波洛轻声说道:

"纳斯庄园会一直都是弗里亚特家的地盘。"

"先生,你说什么?"

"我在重复你老父亲在码头上对我说过的话。"

"啊,父亲总是胡说八道。我经常会让他闭嘴。"

"这么说,玛琳是默德尔的外孙女,"波洛说,"明白了,我开始明白了。"他沉默了一会儿,突然感到极其兴奋,"你是说,你父亲是在河里淹死的?"

"是的,先生。他的确喝多了。不过,他的酒钱是从哪里来的,我还真不知道。当然,他会在码头上帮人们摆渡或是停车,不时赚些小费。他背着我把钱藏起来倒很有一套。当然,他过去经常酗酒,让我一直很担心。结果,那次到了码头下船的时候,失足掉了下去,就给淹死了。第二天,他的尸体被冲到了赫尔茅斯。不过,这可真是桩怪事,原来从没出过这样的事情,不过话说回来,他都九十二了,而且还是半聋不瞎的,出了事倒也说得通。"

"可是以前从没发生过这种事儿。"

"呃,意外嘛,难免的——"

"意外,"波洛若有所思地说,"我想事情没这么简单。"

他站起身，讷讷地说道：

"我早就应该猜到的，很早之前就应该猜到了。那孩子其实已经告诉我——"

"先生，你说什么？"

"没什么，"波洛说，"我再次向你女儿还有你父亲的去世表示哀悼。"

他与塔克夫妇握手后离开了房子。他自言自语着：

"我太傻了——真是傻，我把整个事情给弄颠倒了。"

"喂，先生。"

声音很低，而且很谨慎。波洛环顾四周。那个叫玛丽琳的胖女孩正站在房屋墙壁的阴影处，招手示意他过去，小声地说道：

"妈妈也不是什么都知道，"她说，"玛琳的那条围巾不是那位女士送给她的。"

"那是哪里来的？"

"是在托基买的。还买了一些口红和香水——巴黎'纽特'牌香水——名字很好玩儿。还有一罐粉底霜，她是在广告里看见的。"玛丽琳咯咯地笑了起来，"妈妈不知道，玛琳把这些东西都藏在了她的抽屉后面，冬天穿的马甲下面。一到照相的时候，她就会去公交站的洗手间里打扮。"

玛丽琳又咯咯地笑了起来。

"妈妈不知道有这些东西。"

"难道在你姐姐去世后，你妈妈也没有发现这些东西？"

玛丽琳摇了摇她长着金色蓬松头发的脑袋。

"没有，"她说，"不过，现在是我的了，在我的抽屉里。妈妈不知道。"

波洛若有所思地看着她，说：

"玛丽琳,你真聪明。"

玛丽琳害羞地咧着嘴笑。

"伯德小姐说我再怎么用功,都上不了文法学校。"

"文法学校没什么了不起的,"波洛说,"跟我说说,玛琳是从哪里弄来的钱买这些东西的?"

玛丽琳专注地盯着一根排水管。

"不知道。"她咕哝着。

"我想你肯定知道。"波洛说。

他厚着脸皮从兜里掏出一枚半克郎硬币,接着又加了半克郎。

"我知道,有一种非常吸引人的新出的口红叫'胭脂吻'。"

"听起来很棒啊。"玛丽琳说着把手伸向五先令。她急促地小声说:"她过去就喜欢窥探,背地里还看到过一些别人干的事儿。只要玛琳答应不跟别人说,他们就会给她一件礼物,明白了吧?"

波洛松开了手里的五先令。

"明白了。"他说。

他向玛丽琳点了点头就走了。他又小声咕哝了一句,但这次的含义更加深刻。

"明白啦。"

这么多线索现在都各就其位了。不过,线索还不完整,脉络还不是很清晰——但至少路子是对的。一直都有一条很清晰的线路,只是他之前脑子没开窍。与奥利弗夫人的初次谈话,迈克尔·韦曼的只言片语,在码头和默德尔那次意味深长的聊天,布鲁伊斯小姐启发性的那几句话,还有艾迪安·德索萨的到来。

村邮局旁边有个公用电话亭,波洛走了进去。几分钟后,他接通了布兰德警督的电话。

"喂，波洛先生，你现在在哪儿？"

"我在纳瑟康贝。"

"你昨天下午不是还在伦敦吗？"

"乘坐快速列车三个半钟头就到这儿了。"波洛说，"我有个问题向你请教。"

"什么问题？"

"艾迪安·德索萨的那艘游艇是什么样的游艇？"

"波洛先生，我可能猜到你的心思了，但我保证事情不是那么回事，这艘船没法把人偷偷运走，事实不是你想得那样。船上没有暗舱或是密室。如果有的话，我们早就找到了。船上根本没有地方可以藏匿尸体。"

"亲爱的朋友，你误解我了，我不是这个意思。我只想问问那是艘什么样的游艇，大的还是小的？"

"哦，这艘船真的很花哨，一定花了大价钱。油漆是新刷的，配置也很高档，看起来就是豪华阔气。"

"这就对了。"波洛说。他听起来高兴极了，布兰德警督却有点儿摸不着头脑。

"波洛先生，你得到什么线索了？"他问道。

"艾迪安·德索萨，"波洛说，"是个有钱人。朋友，这一点意义重大。"

"为什么？"布兰德警督问道。

"和我最新的想法不谋而合。"波洛说。

"也就是说，你有头绪了？"

"是的。我终于有了头绪。之前我脑子一直都没开窍。"

"你是说我们大家一直都很笨。"

"不是，"波洛说，"我是说我自己。一条明晰的线索本来已经摆在了我眼前,我却没有发现。"

"但现在你肯定有了什么发现?"

"我想是这样。"

"听我说,波洛先生——"

但波洛已经挂断了电话。他从兜里找了找所需的零钱,拨通了奥利弗夫人伦敦的号码,给她打了个需本人接听的电话。

"但如果她正在忙,"他急忙加了一句,"就不要打断她的思路。"

他想起有一次打断了奥利弗夫人的创作思路,被她非常严厉地训斥了一番,说世界上从此失去了一篇以老式长袖毛衫为主题的精彩推理小说。但电话交换台的人并没在意他的顾虑。

"那么,"交换台传来询问声,"你要她本人接还是不要她本人接?"

"要本人接。"波洛说,由于他着急,只好把奥利弗夫人的创作天才当牺牲品了。听到奥利弗夫人的说话声,他松了一口气。她打断了他的道歉。

"你给我打电话真是太好了,"她说,"我正要出去给人讲座,他们要我谈谈'我是怎样写书的'。现在我可以让秘书打电话说我有事,所以不得不耽搁了。"

"但是,夫人,别让我妨碍到你……"

"你没妨碍我什么,"奥利弗夫人非常开心地说,"否则我就要让自己出洋相了。我是说,如果问你书该怎么写的话,你会怎么说?要是我说的话,首先,你要有个想法,想好了,然后就强迫自己坐下来,写出来,就大功告成了。我只需要三分钟就可以说明白,不过一个讲座如果就这么结束,观众可能不会买账。我搞不懂人们为什么总是热衷于让作家谈怎么写作。作家就是要写,而不是说。"

"不过,我想问的也是你是怎么写出来的。"

"你可以问,"奥利弗夫人说,"但我也许不知道该怎么回答。我是说,一个人只要坐下来写就可以了,没有那么复杂。稍等片刻,为了这次讲座,我戴了一顶傻乎乎的帽子——我得摘掉它,因为帽子磨得我的额头不舒服。"停顿了片刻之后,电话里传来奥利弗夫人如释重负的声音,"现如今,帽子只是个象征罢了,是吧?我是说,人们不会再为了戴帽子去找一个合理的理由:给头部保暖,遮挡阳光或把脸藏起来不让自己不想见的人看到。波洛先生,不好意思,你说什么来着?"

"只是一句惊叹,太不寻常了。"波洛说,声音中带有敬畏,"你总是能给我启发。我多年未谋面的一个朋友黑斯廷斯也是如此。你已经给我提供了另一个问题的线索,但先不管那些。我先问你个问题吧,夫人,你认识一位原子科学家吗?"

"我认识原子科学家吗?"奥利弗夫人惊讶地说道,"不清楚,可能认识吧。我是说,认识一些专家什么的。但我不确定他们实际是哪方面的专家。"

"但是在寻凶游戏中,你把其中一个嫌疑人设计成了一个原子科学家。"

"那个啊!那个只是为了赶时髦。我是说,去年圣诞节,我给外甥们买礼物,只有科幻小说、云霄塔和超音速玩具可买,所以在设定寻凶游戏时我想,'把原子科学家设定为主要嫌疑人可以跟得上潮流'。再说,我如果需要一点儿科技术语的话,可以问亚历克·莱格啊。"

"亚历克·莱格——莎莉·莱格的丈夫吗?他是原子科学家?"

"是啊，他是。不是哈韦尔的，好像是威尔士什么地方，加的夫[①]或者布里斯托尔[②]的，是不是？赫尔姆河上的那个小平房只是他们租来度假的。对，这么说的话，我还真是认识一位原子科学家呢。"

"是因为在纳斯庄园见到他，你才想到要加一个原子科学家的角色吗？但他的妻子并不是南斯拉夫人。"

"说得对，"奥利弗夫人说，"莎莉是个纯正的英国人。你想必知道吧？"

"那你是怎么想到给他设计一个南斯拉夫妻子的角色呢？"

"这还真不清楚……可能是难民的缘故吧？要么是学生？也可能是那些擅自进入树林的外国女学生的缘故，她们说的英语根本不成句。"

"明白了……就是这样，很多事情我现在都明白了。"

"是该明白了。"奥利弗夫人说。

"你说什么？"

"我说，是该明白了，"奥利弗夫人说，"我是说，你终于明白了。直到现在，你似乎什么都还没有查清楚。"她的声音带着些责备。

"所有事情不可能一蹴而就。"波洛辩解说。"警方，"他又说，"已经陷入了泥潭。"

"唉，警察，"奥利弗夫人说，"如果让一个女人来做苏格兰场的厅长——"

波洛一听到这句奥利弗夫人的名言，立刻打断了她。

"情况一直很复杂，"他说，"盘根错节。但现在，我可以有

[①] 又译作卡迪夫，英国威尔士东南部港口，威尔士首府。
[②] 英国英格兰西南部港口，艾冯郡首府。

把握地告诉你,我已经搞清楚了一切!"

奥利弗夫人还是无动于衷。

"我相信你,"她说,"但是,在这期间有两个人丢掉了性命。"

"是三个。"波洛纠正道。

"三个?第三个是谁?"

"一个叫默德尔的老人。"赫尔克里·波洛说。

"我没听说过这个人,"奥利弗夫人说,"报纸上有报道吗?"

"没有,"波洛说,"直到现在,大家都认为他的死只是一场意外。"

"难道不是意外?"

"不是,"波洛说,"不是意外。"

"告诉我是谁杀了他,我是说,是谁把他们杀了,你方便在电话里说吗?"

"这些事不能在电话里说。"波洛说。

"那我就挂了,"奥利弗夫人说,"我已经承受不住了。"

"等一下,"波洛说,"我还想问你一件事。我想想是什么来着?"

"你这是上了年纪的迹象,"奥利弗夫人说,"我也这样,想说的事经常想不起来——"

"有件事,小事,但让我一直纠结。是在船库里……"

他把记忆拉回到了过去,那堆连环画,在漫画的空白处,写着玛琳说过的"艾伯特和多琳总在一起"。他有种感觉,中间缺少什么东西,而这样东西他必须问问奥利弗夫人才行。

"波洛先生,你还在吗?"这时,听筒里传来接线员的声音,让再投一次钱。

投完钱之后，波洛接着说：

"夫人，你还在吗？"

"在，"奥利弗夫人说，"别再问对方在不在了，浪费那个钱。有什么事？"

"这件事非常重要，你还记得寻凶游戏吧？"

"当然记得，我们不是一直在谈这事吗？"

"我犯了一个严重的错误，"波洛说，"我从没有读过你给参赛人员看的内容简介。原以为那份简介对于查明案情没什么用。但我错了，那份简介至关重要。而且，夫人，你很敏感，对周围的事，周围的人，都很敏感，这些都会对你产生影响，而且这种影响已经进入到了你的作品中。你本人虽然没有察觉，但这些都是你发挥丰富想象力的创作灵感。"

"你这番话都是溢美之词，"奥利弗夫人说，"但是，你到底想说什么？"

"关于这次谋杀，你掌握的信息其实比你想象得要多，只是你自己没有意识到罢了。我想问你的问题，实际是两个，但第一个非常重要。你当初设计寻凶游戏的时候，是想把尸体安排在船库里吗？"

"不是，最初不是。"

"那你打算把尸体安排在哪儿？"

"安排在别墅旁边那片杜鹃花丛中的小凉亭里。我想那个地方再合适不过了。但是后来有人，我记不起来到底是谁，坚持要把尸体安排在那个怪建筑里。太荒唐了，那个主意真是太荒唐了！任何人都有可能闲逛到那个地方，尸体不用任何线索就能找到。有些人真是太愚蠢，我当然不会同意。"

"所以，你就接受了船库的建议？"

"是的,当时就是这样。我也实在找不出任何反对的理由,虽然我仍然认为小凉亭是最好的地方。"

"对啊,第一天你给我描述的大框架就是这样的。还有一个问题,你是否记得曾对我说,在给玛琳消遣的一张'连环画'上有最后一条线索?"

"当然记得。"

"告诉我,是不是类似这样的句子(他使劲儿回忆自己站在船库里读过的一些潦草的字句):艾伯特和多琳总在一起;乔治·帕基经常在树林里吻徒步旅行的女孩子;皮特看电影时总爱捏女孩子?"

"我的天哪,不是的,"奥利弗夫人话音里有点儿震惊,"那也太愚蠢了。不对,我设计的线索直接明了。"她压低自己的声音,以神秘的口吻说道:"到背包客的帆布包里去找。"

"太好了![1]"波洛叫到,"非常棒![2]包里的连环画肯定会被人拿走,连环画有可能会给人提供线索!"

"帆布包肯定就放在尸体旁边的地上——"

"但我在想,那是另外一个帆布包。"

"哪来这么多帆布包,你把我都搞糊涂了。"奥利弗夫人抱怨道,"我的谋杀故事里只有一个背包。你不想知道里面有什么吗?"

"丝毫不想,"波洛说。"也就是说,"他礼貌地补充道,"我当然很愿意听一听了,不过——"

奥利弗夫人对他的"不过"一带而过。

"我认为设计得十分巧妙,"她说,话音里带着一种作家的自

---

[1][2]原文均为法语。

傲,"在玛琳的背包里,这个背包其实是那个南斯拉夫妻子的背包,你明白我在说什么吗——"

"明白,明白。"波洛说着,又要陷入一头雾水。

"包里有个药瓶,装着毒药,布伦特上校用这个毒药毒死了他的妻子。那个南斯拉夫妻子曾经到这里接受过护士培训,那个乡绅为钱毒死自己前妻的时候,她就在房子里。那个护士带走了那个药瓶,后来又回来勒索他。所以,他就把护士杀了。波洛先生,这个吻合吗?"

"与什么吻合?"

"与你的想法啊。"奥利弗夫人说。

"根本不吻合,"波洛说,但又急忙补充说,"尽管如此,我还是要祝贺你,夫人。你的寻凶游戏设计得真是巧妙,肯定没人能获奖。"

"但他们还是获奖了,"奥利弗夫人说,"时间很晚了,七点左右吧。有个固执的老太太看起来是个老糊涂,但她贯通了所有的线索,成功到达了船库,不过当然了,警察当时已经在那儿了。所以她到了那里才听说了谋杀案。我想,她应该是游园会上最后一个知道谋杀的人。反正,他们还是给她颁了奖。"她显得很得意,接着又说:"那个长着雀斑的小伙子真是让人讨厌,说我酗酒,而他自己走到山茶园就放弃了。"

"夫人,"波洛说,"哪天你得把整个故事给我讲讲。"

"其实,"奥利弗夫人说,"我正在考虑把这个情节写进书里。浪费这些素材太可惜了。"

也许可以在这里提及一下,三年之后,赫尔克里·波洛读到了阿里阿德涅·奥利弗夫人的《树林中的女人》,读的时候他就在想,为什么书中的一些人物和情节有似曾相识的感觉呢。

18

日落时分,波洛来到位于劳德溪下游的磨坊茅庐,磨坊茅庐是官方称谓,当地人管它叫粉色茅庐。他敲了敲门,还没做好心理准备,门就猛然间敞开了,吓得他后退了几步。站在门口的那个年轻人满脸愤怒,盯着他看了好一会儿,也没认出他来,接着干笑了一声。

"你好,"他说,"原来是大侦探波洛先生。请进,我正在收拾行李。"

波洛接受邀请进了屋。屋内的摆设很简单,几乎没有几件家具。亚历克·莱格的个人物品这时候摆得满地都是。书、报纸、乱扔的衣服散落了一地,地上还有一个敞开的行李箱。

"这桩婚姻终于完蛋了,"亚历克·莱格说,"莎莉彻底走了,想必你已经知道了。"

"你不说我还真不知道,真的。"

亚历克·莱格发出一声短促的笑。

"竟然还有你不知道的事儿。走了,婚姻生活她已经过够了。去和那个温顺的建筑师过活去了。"

"听到这个消息,我很替你难过。"波洛说。

"我不明白你为什么难过。"

"我难过,"波洛说着,清理了一下沙发角落里的两本书和一件衬衫，坐了下来，"是因为我认为跟他在一起生活不会比跟你在一起更幸福。"

"这半年来，她跟我生活在一起并没有感到幸福。"

"半年并不是一辈子，"波洛说，"一辈子的幸福婚姻生活中这只不过是一段小插曲罢了。"

"你说这话就像一个牧师，不是吗？"

"也许吧，莱格先生，要我说，要是你妻子跟你生活得不幸福，那责任多半在你而不在她。"

"她肯定就是这么想的，一切都是我的错。"

"并不是所有的，但确有一些是你的过错。"

"都怪我，我要是也在那条该死的河里淹死就好了，一了百了。"

波洛若有所思地看着他。

"据我观察，"他说，"现在和你过不去的都是你自己的麻烦，而不是身外之事。"

"让身外之事见鬼去吧，"莱格先生说。他接着又咬牙切齿地说："看来我一直就是个十足的大傻瓜。"

"不过，"波洛说，"我想，你只是不幸而已，还不到应受责备的程度。"

亚历克·莱格盯着他。

"是谁雇你来调查我的？"他问道，"是莎莉吗？"

"你怎么这么想？"

"因为官方没有什么动静。所以我想你肯定是被私人雇来跟踪我的。"

"你想错了，"波洛答道，"我可没时间跟踪你。我来这儿的时候，都不知道你还在。"

"那你怎么知道我一直很不幸,还有我做的那些愚蠢的事?"

"因为我的观察以及思考,"波洛说,"我可不可以做个猜测,你看看对不对?"

"你想怎么猜就怎么猜,"亚历克·莱格说,"我可不会感兴趣。"

"我想,"波洛说,"几年前,你对某个政党表示过兴趣与同情,许多对科学感兴趣的年轻人都会这样。不过从你的专业角度来说,这样的同情与爱好自然是带着怀疑的。我想你从来就没有真正地妥协过,但迫于压力,你只好采用不情愿的方式来巩固你的立场。你想退缩,但遭到威胁。所以,你不得不与某个人见面。我不知道这个年轻人的身份,但我知道他就是那个穿着海龟印花衬衫的小伙子。"

亚历克·莱格突然一阵大笑。

"真是笑话,哪来的什么衬衫。那时候我可没见过那种搞笑的东西。"

赫尔克里·波洛继续说道:

"因为担心世界的命运,忧虑自己的困境,所以你变成了,也许可以这样说,一个任何女性都不可能和你幸福生活的男人。你不信任自己的妻子,这很不幸,因为你的妻子可以说是一位忠贞的女性,如果她发现你过得这么不幸、这么绝望,她会义无反顾站在你这一边。但是,很不幸,在迫不得已的情况下,她开始拿你与她以前的一个朋友迈克尔·韦曼作比较。"

他站起身来。

"莱格先生,我劝你赶紧收拾好行李,去伦敦找你的妻子,恳求她原谅你,把事情的来龙去脉都告诉她。"

"原来这些就是你所谓的建议,"亚历克·莱格说,"见鬼去吧,这关你什么事儿?"

"跟我没关系,"赫尔克里·波洛说着朝门口走去,"但我总是正确的。"

一阵沉默后,亚历克·莱格突然又爆发出一阵爽朗的大笑。

"实话跟你说吧,"他说,"我会采纳你的建议的。离婚的代价太大了。再怎么说,一个人若是把自己喜欢的女人追到手,却没能留住她的话,确实有点儿丢人,是不是?我会去一趟她在切尔西的公寓,如果发现迈克尔在那儿,我会一把揪住他脖子上那个手工编织的三色领结勒死他。我喜欢这样,我非常乐意这样做。"

他的脸上立刻现出了迷人的微笑。

"请原谅我这令人讨厌的臭脾气,"他说,"非常感谢你。"

他拍了一下波洛的肩膀,这突然的冲力把波洛推了个趔趄,差点儿摔倒。

莱格先生的友谊确实比他的敌意更让人痛苦。

"现在,"波洛说,他拖着疼痛的双脚离开了磨坊茅庐,望着渐黑的天空,"我该去哪儿呢?"

19

赫尔克里·波洛被人引进来的时候,郡警察局局长和布兰德警督两人双双抬起头,好奇地看着他。局长正在发脾气,布兰德没有作声,他是在用沉默来表示对自己观点的坚持,这使局长不得不取消当晚的晚宴约会。

"我知道,布兰德,我知道,"他急躁地说,"在他如日中天的时候,他也许是个比利时小天才。不过,我认为那个时代已经一去不复返了。他现在多大年纪了?"

布兰德巧妙地避开了这个问题,反正他也不知道。波洛对于自己的岁数一向讳莫如深。

"长官,关键是他当时就在那儿——就在现场。到目前为止,我们没有任何进展,搁浅了,这就是现状。"

局长气得鼻涕都流出来了。

"我知道,我知道。所以我开始相信马斯特顿太太所说的,可能就是某个变态狂干的。如果用得着的话,我还会动用警犬。"

"警犬遇到水,气味就断了。"

"是的。布兰德,我知道你一直是怎么想的。我也倾向于认同你的看法。但是,要知道,他这么做得有动机,可现在没有,一点儿都没有。"

"动机说不定在那些岛上。"

"也就是说,海蒂·斯塔布斯知道德索萨在岛上干过的事?就她的智力来说,我想可能性很大。她脑子非常简单,大家都认同这一点。她知道的事可能随时脱口而出,也不管对方是谁。你是不是这么看?"

"差不多。"

"如果这个假设成立的话,那他为什么等了这么久才漂洋过海来解决这件事。"

"长官,他可能一直不知道她的下落。他自己说是在某个社交杂志上读到了关于纳斯庄园和庄园漂亮的女主人的报道。就像我说的,这虽然都是他自己说的,但也可能是真的。之前他不知道她在哪儿或嫁给了谁。"

"但他一旦知道了,就以最快的速度乘游艇过来把她给杀了?说不通,布兰德,太牵强了。"

"但事实有可能就是这样。"

"那这个女人究竟知道什么呢?"

"还记得她对丈夫说过的话吧,'他常杀人'。"

"还记得他杀过人?那时候她才十五岁吧?很可能只是她自己这么说,她丈夫肯定会一笑置之吧?"

"我们不知道真相,"布兰德固执地说,"长官,你自己肯定清楚,一个人一旦知道了一件案子,他肯定会去找证据,查出事实真相。"

"我们已经对德索萨做了调查,做得很小心,很谨慎,通过常规渠道,但没有取得任何进展。"

"所以,长官,那个有趣的比利时老家伙可能偶然间发现了什么蛛丝马迹。他当时就在庄园里——这一点至关重要。斯塔布斯夫人和他交谈过,她随意说的一些话可能在他头脑里串联到了一起，从而发现了新线索。不论怎样，他今天大部分时间都在纳瑟康贝。"

"他给你打电话，就是为了问问艾迪安·德索萨的游艇是什么样子？"

"第一次打电话的时候他是这么问的，第二次打电话就要求我安排这次会面。"

"嗯，"局长看了看自己的表，"如果他五分钟之内还不到的话……"

局长的话音还没落，赫尔克里·波洛就出现了。

他的样子有点儿狼狈。德文郡的空气有些潮湿，他的胡子都垂了下来，漆皮鞋上满是泥，步履蹒跚，头发蓬乱。

"波洛先生，你终于来了。"局长和他握了握手，"我们都翘首以待，准备听听你的高见。"

这话有点儿讽刺的意味，虽然外表上看起来有些狼狈，但波洛内心强大，绝不会在精神上接受挖苦。

"我怎么也想不通，"他说，"我之前怎么没有看出真相来。"

局长冷冷地回应道：

"我们是不是可以说，你现在已经发现真相了？"

"是的，可能一些细节还有待核实，但轮廓已经很清楚。"

"我们要的不是轮廓，"警察局长冷淡地说道，"我们要的是证据。波洛先生，你拿到证据了吗？"

"我可以告诉你到哪里能找到证据。"

布兰德警督开了口。"比如？"

波洛转身向他提了一个问题：

"艾迪安·德索萨是不是已经离开了英国？"

"两周前就走了。"布兰德愤懑地说，"要把他弄回来可不容易。"

"可以说服他。"

"说服?没有足够的证据来签发引渡令。"

"不是引渡令的问题。如果把实情告知他——"

"什么实情,波洛先生?"局长有些愤怒地问,"你说得倒挺轻巧,有什么实情?"

"艾迪安·德索萨来这里时开着豪华游艇,这表明他家很有钱;老默德尔是玛琳·塔克的外祖父(今天我才知道);斯塔布斯夫人喜欢戴那种大檐儿帽;奥利弗夫人的想象天马行空,虽然不太可靠,可她在不知不觉中对人们的个性有着敏锐的判断力;玛琳·塔克把口红和几瓶香水藏在她梳妆台的抽屉后面;布鲁伊斯小姐坚持说,是斯塔布斯夫人让她将点心送到船库给玛琳的。"

"这些就是实情?"局长瞪大了眼睛,"这些就是你所谓的实情?没有一件是新东西。"

"你要的是证据,确凿的证据。比如,斯塔布斯夫人的尸体在哪里,对吗?"

这回轮到布兰德瞪大眼睛了。

"你找到斯塔布斯夫人的尸体了?"

"没找到,但我知道尸体藏在哪儿。你们该去那个地方看看,等你们找到尸体,证据就有了,所有你们需要的证据就都有了。能把尸体藏在那儿的只有一个人。"

"是谁?"

赫尔克里·波洛脸上露出了心满意足的笑容。

"这个人就是,"他轻轻地说,"她的丈夫,乔治·斯塔布斯爵士,是他杀害了自己的妻子。"

"但这是不可能的,波洛先生,这不可能。"

"非常可能,"波洛说,"不是不可能!听着,我来告诉你们事实真相。"

20

赫尔克里·波洛在大铁门前停住了脚步,望着前面蜿蜒的车道。树上所剩不多的金褐色叶子飘落下来,仙客来也已凋零。

波洛叹了口气,转过身去轻轻敲了敲带壁柱的白色门房的门。

片刻之后,屋内传来缓慢且犹豫的脚步声,来开门的是弗里亚特太太。看到她衰老虚弱的身体他没有感到惊讶。

她说:"波洛先生?你又来啦?"

"我可以进去吗?"

"进来吧。"

他跟着她进了屋。

她要给波洛泡茶,他谢绝了。她静静地问道:

"你来干什么?"

"我想你能猜到,夫人。"

她的回答有些转弯抹角。

"我很累。"

"我知道。"他继续说,"三条人命,海蒂·斯塔布斯、玛琳·塔克以及老默德尔。"

她猛然说道:

"默德尔?那是个意外啊,他是从码头上掉下去的,他老眼昏花，还在酒馆里喝了酒。"

"那不是意外，而是默德尔知道得太多了。"

"他知道什么？"

"他认出一张面孔，或是走路的姿势，或是说话的声音之类的特征。我来这里的第一天就和他聊过一阵子。他把你们弗里亚特家族的事情都跟我说了——你的公公、丈夫，还有在战争中牺牲的两个儿子。只是，并不是两个人都死了，对不对？你的大儿子亨利随船一起沉入水中，但你的小儿子詹姆斯并没有死，他弃船逃跑了。最初上报的时候，他有可能被列为'失踪，被认为已死亡'，后来你就告诉人们他已经死了。事不关己，没人不信，人们有什么理由不信呢？"

波洛停顿了一下，接着说：

"夫人，不要以为我不同情你，生活对你来说确实很不容易，这我知道。你本可以对自己的小儿子不抱任何幻想，但他是你的儿子，你爱着他，所以你就倾尽所有来给他一个新生活。你当时照看着一个年轻女孩儿，虽然她智力低下但是很有钱。她的确很富有，你对外宣称她父母的财产家业都没了，她一贫如洗，所以你建议她与大自己许多岁的一个有钱人结婚。人们凭什么不相信你说的话呢？还是那句话，这不关别人的事。她的父母以及近亲都已不在人世。巴黎的一家法国律师事务所按照圣米格的律师的要求把所有事情办理妥当。她结婚的时候，就理所当然取得了财产的控制权。就如你告诉我的，她听话，温柔，耳根子又软。她丈夫让她在哪里签字她就在哪里签。股票可能都已经变更转卖过很多次，但最后还是达到了你们想要的财务结果。就这样，乔治·斯塔布斯爵士，你儿子的新角色，变成了有钱人，而他的妻子变得一贫如洗。称呼自己为'爵士'从法律上说没有问题，除非是为了掩人耳目骗取钱财。爵位给他带来了自信——即使改变不了血统，但肯定能带来财富。就这样，有了财富——岁数大了些，容貌变了些，蓄了胡子——的乔治·斯塔布斯爵士买下了纳斯庄园，开始在曾经属于自己的地盘上居住。尽管他很小的时候就离开了，经过战争的摧残和破坏，以前认识他的人都已经不在人世，但是老默德尔是个例外。但他一直保守着这个秘密，他偷偷跟我说纳斯庄园一直都是弗里亚特家族的地盘时，我以为那是他私底下开的一个玩笑。

"到此为止，一切都很顺利，起码你是这么认为的。你的计划也该终止了，这一点我完全相信。你的儿子有了财富，拥有了祖上留下的房产，妻子虽然弱智，但漂亮美丽，性格温顺，你希望他好好对她，希望她会幸福。"

弗里亚特太太低声说道："我原先就是这么想的。我会照看海蒂，好好对她。可是做梦也没想到——"

"你做梦也没想到，你的儿子很狡诈，没有告诉你，他与海蒂结婚的时候他已经是有妇之夫了。这一点确凿无疑——我们已经查遍了现存的记录。你儿子在意大利的港口城市的里雅斯特娶了一个女孩儿，她是黑社会的人，你儿子弃船逃跑之后就在那里隐姓埋名待了下来。她不想离开他，他也没打算跟她分开，他答应和海蒂结婚就是为了骗取钱财。但在他心里，从一开始就盘算好了要怎么做。"

"不可能，这不可能，我绝对不信！我没法相信……都是那个女人——那个恶毒的女人。"

波洛无动于衷，继续说：

"他想杀掉举目无亲的海蒂。于是他们一回到英格兰，他就把那个女孩儿带到了这里。头天晚上，仆人们几乎都没碰到她。

第二天早上,他们看到的女主人不是海蒂,而是这个意大利妻子装扮的海蒂,行为举止和海蒂差不多。本来事情至此也该圆满了,假海蒂从此以真海蒂的名义生活下去。她的智力得到了出乎意料的'改善',因为有了所谓的'新式疗法',所以不会被人怀疑。那个秘书——布鲁伊斯小姐——也意识到,斯塔布斯夫人的智力几乎没什么问题了。

"但不巧的是,就在这个时候,一件出乎意料的事情发生了。海蒂的一个表哥写信说,要乘游艇来英格兰游玩,虽然她表哥多年没有见过她,但也不可能被一个冒牌货蒙骗。

"奇怪的是,"他中断自己的讲述转了个话题,"虽然我脑子里曾经闪过这个念头——德索萨可能不是真的德索萨,但我从没想过假的竟然是另一方——就是说,海蒂不是真的海蒂。"

他继续说:

"对于这个突发状况,他们也有办法应对。斯塔布斯夫人可以谎称身体不适,避免与他见面,但是如果德索萨要在英格兰待上很长时间的话,不见面几乎又是不可能的事;而且已经出现了另一个麻烦事儿,老默德尔上了年纪,爱唠叨,经常对他的孙女念叨一些事情。玛琳可能是唯一一个不介意听默德尔唠叨的人,不过他说的大部分话她也不会往心里去,因为她认为默德尔'疯癫',对他的话不用在意。然而,他说的有些事,比如他见过'树林里有一具女尸',还有'乔治·斯塔布斯爵士就是詹姆斯先生'都给她留下了深刻的印象,所以她就旁敲侧击地给乔治爵士以暗示,但这么做无疑是自寻死路。乔治爵士和他妻子不可能冒险让消息扩散出去。我想他是给了玛琳一小笔封口费,然后继续谋划应对之策。

"他们十分谨慎地制定了计划。他们已经知道德索萨到达赫尔茅斯的日期。而这个时间正好和游园会的日期不谋而合。他们谋划着把玛琳杀死，让斯塔布斯夫人'失踪'，而同时让人们把怀疑对象对准德索萨。为此，斯塔布斯夫人会说德索萨是一个'邪恶的人'，还指控'他常杀人'。斯塔布斯夫人将会永远消失（乔治爵士可能会在某一天把一具无法辨认的尸体认定为斯塔布斯夫人），而一个新角色将会代替她的位置，这个新角色其实就是'海蒂'重新恢复自己的意大利身份而已，她需要做的就是在二十四小时多一点的时间里同时扮演两个角色。在乔治爵士的配合下，这很容易做到。我来的那天，'斯塔布斯夫人'会在自己的卧室一直待到下午茶的时间。除了乔治爵士之外，没人看见过她。其实她已经溜了出去，乘坐一辆公共汽车或火车去了埃克赛特，并从埃克赛特和另一个女学生开始搭伴旅行（每年的这时候都有这种旅行），她把一个朋友吃了劣质牛肉和火腿馅饼的事情透露给了那个女学生。她到了旅舍，订下房间，然后就出去"打探风声"。到了下午茶时间，'斯塔布斯夫人'出现在了客厅。晚饭后，'斯塔布斯夫人'早早地上床睡了觉——但没过多久布鲁伊斯小姐就瞥见她从庄园溜了出去。她在旅舍住了一夜，但一大早就离开回到了纳斯庄园，以斯塔布斯夫人的身份用早餐。然后借口'头痛'一上午待在房间里不出来，但这次她把自己装扮成了一个'擅闯者'，而且还遭到了乔治爵士从他妻子房间窗口发出的怒斥，并假装转身和房间里的妻子说话。换服装并不是件难事——斯塔布斯夫人喜欢外面穿一件漂亮精致的连衣裙，里面穿短裤和开襟衬衫。以斯塔布斯夫人的身份出现时，就涂白皮肤，化上浓妆，戴上一顶大檐儿帽来遮脸，而以意大利女孩儿的身份出现时，则会围上一条乡下人才用的那种艳丽的围巾，再加上晒黑的肤色以及铜红色的鬈发。没人会想到，这两个人竟是同一个女人。

"就这样,最后一台戏登场了。四点之前,'斯塔布斯夫人'吩咐布鲁伊斯小姐给玛琳送去一个茶盘。这是因为她担心布鲁伊斯小姐自己会想到去送,如果布鲁伊斯小姐在错误的时间不合时宜地出现,将会打乱她的计划。当然,她也可能是出于恶意,就是让布鲁伊斯小姐差不多在案发的时候出现在犯罪现场。然后,选准时机,她溜到了空无一人的占卜帐篷,再从后门出去,溜到灌木丛里的凉亭,那里有她的背包,里面装着换装用的东西。接着,她悄悄穿过树林,叫玛琳开门让她进去,然后勒死了毫无戒心的女孩儿。她把那顶大檐儿帽扔进了河里,再换上背包客的行装,把乔其纱裙子和高跟鞋装进背包——俨然成了一位来自青年旅舍的意大利学生。然后,去草地上找她的荷兰朋友一起看表演,之后便按计划乘坐当地的公共汽车和她一起离开。她现在在哪儿,我不得而知。我猜是在伦敦的苏活区[①],那里有她意大利的黑社会关系,他们可以给她提供必要的证件。反正警方找的不是一个意大利女孩儿,而是那个单纯、弱智以及来自外国的海蒂·斯塔布斯。

"但是,夫人,真正可怜的海蒂·斯塔布斯已经死了,这一点你非常清楚。游园会那天,我们在客厅谈话的时候,你已经透露出了这个信息。玛琳的死对你来说是个不小的打击——当然,你对这个计划丝毫不知情。但是,当你说起海蒂的时候,你表露得再清楚不过了。当时我很愚钝,没有反应过来。你说的是两个不同的海蒂,一个是你不喜欢的海蒂,'死了才好',你还提醒我'她的话你一个字儿都不要信';另一个海蒂,你说的时候用的是

---

① 位于英国伦敦西部的次级行政区西敏市境内,本来是当地的红灯区,后来色情行业式微,这里渐渐变成一个世界各地游客云集的小区。

过去时，你用十分喜爱的口气来为她辩解。夫人，我想你一定非常喜欢那个可怜的海蒂·斯塔布斯。"

很长时间谁也没说话。

弗里亚特太太静静地坐在椅子里，最后，她站起身来，开始说话，声音冷若冰霜：

"波洛先生，你的整个陈述太异想天开了。我想你简直是疯了……所有这些都是你凭空猜测，无凭无据。"

波洛走到一扇窗前，把窗户打开。"夫人，请听，你听到了什么？"

"我耳朵有点儿背……能听到什么？"

"镐头刨水泥地的声音……他们正在挖掘怪建筑的混凝土地基……真是个藏尸体的好地方——一棵树被连根拔起之后，地上的土已经被动过了。事后不久，为了安全起见，在藏尸体的地面上再浇筑一层水泥，还要在水泥地上建一幢怪建筑……"他接着轻声说道："乔治爵士的怪建筑……纳斯庄园主的怪建筑。"

弗里亚特太太禁不住发出一声颤抖的长叹。

"这个地方很漂亮，"波洛说，"唯独滋生了一个恶魔……它的主人……"

"我知道，"她声音嘶哑地说道，"我一直都知道……他小的时候，就让我感到害怕……冷血……无情……没有良心……但他是我儿子，我爱他……我本该在海蒂死的时候就说出真相……但他是我儿子。我怎么能出卖他呢？所以，因为我的缄默——那个可怜的傻孩子命丧黄泉——之后，连亲爱的老默德尔也……到底还有没有完？"

"对于凶手来说，事情还没有结束。"波洛说。

她低下了头。就这样过了片刻，她用双手捂住了双眼。

接着,纳斯庄园的主人——弗里亚特太太,这个继承了先辈坚强个性的女性直起身子。她双眼盯着波洛,声音显得肃穆而悠远。

"波洛先生,谢谢你,"她说,"谢谢你亲自来告诉我这些。恳请你让我一个人静一静好吗?有些事情不得不需要一个人独自面对……"

Dead Man's Folly

Copyright © 1956 Agatha Christie Limited. All rights reserved.
Letter for Chinese Reader, New Star Edition by Mathew Prichard © 2013 Mathew Prichard.
Translation © 2023 arranged by New Star Press, Agatha Christie Limited. All rights reserved.
www.agathachristie.com
The Poirot icon is a trademark, and AGATHA CHRISTIE, POIROT, *Agatha Christie* and the AC Monogram Logo are registered trade marks of Agatha Christie Limited in the UK and elsewhere. All rights reserved.
Published by agreement with ACL.
Simplified Chinese edition copyright: 2023 New Star Press Co., Ltd.

图书在版编目（CIP）数据

弄假成真/（英）阿加莎·克里斯蒂著；杨俊峰译 . — 2 版 . — 北京：新星出版社，2023.8
ISBN 978-7-5133-3812-7

Ⅰ . ①弄… Ⅱ . ①阿… ②杨… Ⅲ . ①侦探小说 – 英国 – 现代 Ⅳ . ① I561.45

中国版本图书馆 CIP 数据核字 (2022) 第 090220 号

午夜文库
谢刚 主持

弄假成真

[英] 阿加莎·克里斯蒂 著；杨俊峰 译

责任编辑	王 欢	统筹编辑	王 欢
责任校对	刘 义	责任印制	李珊珊
封面插图	宣 和	装帧设计	周伟伟

出 版 人　马汝军
出版发行　新星出版社
　　　　　（北京市西城区车公庄大街丙 3 号楼 8001　100044）
网　　址　www.newstarpress.com
法律顾问　北京市岳成律师事务所
印　　刷　三河市兴达印务有限公司
开　　本　910mm×1230mm　1/32
印　　张　7.375
字　　数　110 千字
版　　次　2023 年 8 月第 2 版　2023 年 8 月第 1 次印刷
书　　号　ISBN 978-7-5133-3812-7
定　　价　42.00 元

版权专有，侵权必究。如有印装错误，请与出版社联系。
总机：010-88310888　传真：010-65270449　销售中心：010-88310811